**런던 거리
헤매기**

Street
Haunting:
A London
Adventure

버지니아 울프
이미애 옮김

런던 거리 헤매기

Street Haunting: A London
Adventure

차례

런던 거리 헤매기

아마 연필에 대해 열렬한 감정을 느낀 사람은 없을 것이다. 그러나 연필을 꼭 손에 넣고 싶은 상황이 있다. 티타임과 정찬 시간 사이에 런던 거리의 절반을 거닐기 위해 그 목적이나 목표, 핑곗거리를 찾으려는 순간들이다. 여우 사냥꾼이 말의 품종을 보존하기 위해 사냥을 하고, 골프 치는 사람들이 건설업자들로부터 녹지를 보존하기 위해 골프를 치듯이, 거리를 거닐고 싶은 욕구가 일 때는 연필이 좋은 핑계가 된다. 그래서 자리에서 일어서면서 우리는 "연필을 사야겠어."라고 말한다. 이런 구실을 대면 겨울에 런던에서 생활하며 누릴 수 있는 가장 큰 기쁨, 런던 거리를 헤매는 기쁨에 탐닉해도 무방하다는 듯이.

시간은 저녁 무렵, 계절은 겨울이어야 한다. 겨울에 샴페인 색으로 빛나는 공기와 거리의 친화력이 상쾌하기 때문이다. 여름날처럼 그늘과 고독을 바라고 풀밭의 달콤한 공기를 갈망하며 시달리지 않는다. 저녁이 되면 어둠이 깔리고 가로등 불이 켜지면서 제멋대로 굴어도 좋다는 기분을 일으키기도 한다. 우리는 이제 평소와 다르다. 맑은 저녁 나절 4시에서 6시 사이에 집을 나서면 우리는 친구들이 아는 우리의 자아를 떨치고 익명의 도보 여행자들로 이루어진 방대한 공화국 군대에 속하게 된다. 홀로 자기 방에 있다가 나와서 그들과 어울리면 아주 유쾌하다. 자기 방에서는 기묘한 자기 기질을 끊임없이 드러내고 과거 경험을 억지로 떠올리는 물건들에 둘러싸여 있기 때문이다. 가령 벽난로 위의 사발은 바람이 세차게 불던 날에 만토바에서 산 것이다. 우리가 가게를 나서려 했을 때 험상궂은 노파가 우리의 스커트를 잡아당기며 조만간 자기가 굶어 죽을 거라고 말하더니 "이걸 가져가요!"라고 소리치며 다시는 돈키호테처럼 관대하게 굴지 않겠다는 듯이 푸른색과 흰색이 어우러진 사발을 우리 손에 밀어 넣었다. 그래서 죄를 지은 듯이, 하지만 몹시 바가지를 썼을 거라고 의심하면서 우리는 사발을 들고 작은 호텔에 돌아왔다. 한밤중에 그 호텔 주인이 아내와 너무도 맹렬한 말다툼을 벌이는 바람에 우리는 안뜰로 몸을 내밀고 기둥들 사이로 늘어진 포도 덩굴과 하늘에서 빛나는 흰 별들을 보았다. 그 순간은 모르는 사이에 슬그머니 흘러가는 무수한 순간들 속에 확실히 박혔고 동전처럼 지울 수 없이 새겨졌다. 거기에 우울한 영국인도 있었는데, 그는 커피 잔들이 널린 작은 철제 탁자에서 일어나 여행자들이 그렇듯이 자기 영혼의 비밀을 드러냈다. 이탈리아와 바람 부는 새벽, 기둥들 사이에 늘어진 포도 넝쿨, 영국인과 그의 영혼의 비밀, 이 모든 것이 벽난로 위의 사발에서 뭉게뭉게 피어오른다. 바닥을 내려다보면 카펫에 갈색 자국이 있다. 로이드 조지가 그 자국을 냈다. "그 인간은 악마야!"라고 커밍스가 말하며 찻주전자에 물을 부으려던 주전자를 내려놓아 카펫을 태워 갈색의 둥근 그을음을 만들었다.

그러나 문을 닫고 밖에 나서면 그 모든 것이 사라진다. 우리 영혼이 자기 집으로 독특한 형체를 마련하려고 분비한 조개껍질 같은 덮개가 부서진다. 그러면 온통 찌그러지고 거친 껍질 속에 든 굴 같은 지각력이, 거대한 눈이 남는다. 겨울의 거리는 얼마나 아름다운가! 거리는 드러나기도, 가려지기도 한다. 여기 문들과 창문들이 대칭적으로 쭉 늘어선 거리들이 아득하게 이어진다. 저기 가로등 아래 섬처럼 떠도는 흐릿한 빛 사이로 남자들과 여자들이 환히 모습을 드러내며 재빨리 지나간다. 가난하고 초라한 행색임에도 그들은 어떤 비현실적 표정, 의기양양한 분위기를 띠고 있다. 그들이 인생을 따돌렸기에 인생이 외려 자신의 먹잇감에게 속아 그들을 놓친 채 더듬거리며 다니는 듯하다. 그러나 결국 우리는 표피를 매끄럽게 스쳐 나아갈 뿐이다. 눈은 광부도 잠수부도 아니며 숨겨진 보물을 찾지도 않는다. 눈은 우리를 부드럽게 떠내려 보내며 쉬고 멈추고, 그것이 바라보는 동안 두뇌는 잠잔다.

빛이 섬처럼 군데군데 떠 있고 어둠이 긴 숲처럼 깔린 저녁 시간의 런던 거리는 얼마나 아름다운가. 그 한쪽에 나무 몇 그루가 점점이 박혀 있고 잔디가 깔린 공간에 어둠이 몸을 웅크리고 자연스레 잠에 빠진다. 철책을 지나다 보면, 주위에 고요한 들판이 펼쳐진 듯이 조그맣게 사각거리며 흔들리는 나뭇잎과 어린 가지 소리가 들리고 올빼미의 울음, 멀리 골짜기에서 덜커덕거리는 기차 소리가 들려온다. 그렇지만 여기는 런던이라고 스스로 상기시킨다. 헐벗은 나무들 사이로 높이 걸려 있는 길쭉한 창문에서 적황색 불빛이 새어 나온다. 나지막이 떠 있는 별처럼 가로등에서 눈부신 빛이 꾸준히 타오른다. 시골의 평화로움이 고스란히 머물고 있는 이 텅 빈 공간은 런던 광장일 뿐이다. 광장을 둘러싼 사무실과 저택 들에서 이 시간에는 맹렬한 불빛이 지도와 서류 위에, 서기가 물에 적신 검지로 끝없이 쌓인 통신 서류철을 넘기며 앉아 있는 책상에 쏟아진다. 혹은 난로 불빛과 램프 불빛이 흔들리며 더 멀리 퍼져 나가 내밀한 응접실과 안락의자, 신문과 도자기, 상감 장식이 있는 탁자, 차를 정확히 몇 스푼 떠내는 여자의 모습을 비춘다. 그녀는 아래층에서 울리는 벨과 "집에 계세요?"라고 묻는 누군가의 목소리를 들은 듯이 문을 바라본다.

하지만 여기서 단호히 멈춰야 한다. 눈이 인정하는 것 이상으로 깊이 파고들 위험이 있다. 매끄러운 물결을 따라 흘러가다가 나뭇가지나 뿌리에 걸릴지도 모른다. 잠자고 있던 군대가 언제든 들고 있어나 그에 호응하는 수천 개 바이올린과 트럼펫을 우리의 내면에서 일깨울지 모른다. 인간의 군대가 깨어나 온갖 괴벽과 고통과 추잡함을 들이밀지 모른다. 조금만 더 미적거리면서 그저 표면에 만족하기로 하자. 화려하게 번쩍이는 버스, 노란 옆구리 살과 선홍색 스테이크용 고기의 살색이 빛나는 정육점, 꽃가게 창문의 판유리 너머로 화려하게 타오르는 붉고 푸른 꽃다발들.

눈은 오로지 아름다움에 머무는 희한한 속성을 갖고 있기 때문이다. 나비처럼 눈은 색깔을 찾아내고 따스함에 잠긴다. 자연이 애써 반짝이게 닦고 멋을 부린 이런 겨울밤에 눈은 가장 아름다운 트로피들을 되찾고, 온 지구가 보석인 듯이 에메랄드와 산호 조각을 작게 잘라낸다. 눈은 이 트로피들의 모호한 모서리와 관계가 분명히 드러나도록 조정할 수 없다.(전문적이지 않은 평범한 눈에 대해 말하고 있다.) 그러므로 이 단순하고 달콤한 음식, 구도가 잡히지 않은 순수한 아름다움을 오래 섭취한 후 우리는 포만감을 의식하게 된다. 우리는 구두 가게 문 앞에 멈춰 서서 시시한 핑계를 댄다. 거리의 빛나는 장식들을 접어 넣고 한층 어둑한 존재의 방으로 물러나는 진짜 이유와는 아무 상관 없는 핑계다. 그곳에 들어가서 우리는 순순히 왼발을 들어 받침대에 올려놓으며 "그런데 난쟁이가 된다면 어떨까?"라고 물을지 모른다.

그녀를 호위하며 들어선 두 여자는 보통 체구였기에 그녀 옆에서 너그러운 거인처럼 보였다. 상점의 여직원에게 미소를 지으며 그들은 그녀의 기형에 아무 책임도 없다고 주장하면서 동시에 그녀에게 보호해 주겠다고 장담하는 것 같았다. 그녀는 기형인의 얼굴에서 흔히 볼 수 있는 짜증스러우면서도 미안해하는 표정을 띠고 있었다. 동행인들의 친절이 필요했지만 그것에 분개하는 얼굴이었다. 키 큰 여자들이 점원을 불러서 너그러운 미소를 지으며 이 숙녀에게 맞는 구두를 요청했다. 점원이 그녀 앞에 작은 발판을 내밀자 그 난쟁이는 우리 모두의 관심을 끌려는 듯이 열렬히 발을 내밀었다. '이걸 봐! 이걸 봐!' 우리에게 요청하는 것 같았다. 보라, 성인 여자의 예쁘고 완벽하게 균형 잡힌 발이었다. 귀족적인 품위가 깃든 아치형이었다. 발판 위에 올린 발을 바라보면서 그녀의 태도가 사뭇 달라졌다. 만족스럽고 흐뭇한 모양이었다. 자신감에 차서 당당해졌다. 그녀는 거듭거듭 새 구두를 가져오게 하고, 계속 구두를 신어 보았다. 노란 구두, 황갈색 구두, 표범가죽 구두를 신고 발만 비치는 거울 앞에 서서 한 발끝으로 돌았다. 짧은 스커트를 들어 올리고 짧은 다리를 드러내기도 했다. 어떻든 발이 온 몸에서 가장 중요한 부분이라고 생각했고, 여자들은 오로지 발 덕분에 사랑을 받아 왔다고 속으로 말했다. 자기 발만 쳐다보면서 몸의 다른 부분도 그 아름다운 발과 똑같다고 상상했을 것이다. 그녀의 옷은 초라했지만 구두에는 돈을 얼마든지 쓸 용의가 있었다. 이럴 때만 남들의 시선이 두렵지 않았고 적극적으로 관심을 끌고 싶었기에 그녀는 무슨 수를 쓰더라도 가급적 오래 걸려 구두를 선택하고 신어 볼 작정이었다. 이쪽으로 발을 내딛고 저쪽으로 걸음을 옮기면서 그녀는 말하는 것 같았다. '내 발을 봐. 내 발을 보라고.' 갑자기 그녀의 얼굴이 큰 기쁨으로 환해진 것으로 보아 상점 점원이 사근사근하게 알랑거리는 말을 했음이 틀림없다. 그런데 키 큰 여자들이 자비롭기는 했지만 다른 볼일이 있었기에 결국 그녀는 마음을 정하고 어느 구두를 선택할지 결정해야 했다. 마침내 구두가 선택되었다. 꾸러미를 손에 걸고 호위자들 사이에서 걸어 나갈 때 그녀의 얼굴에서 희열이 사라지고 인식이 되돌아오고 예전의 짜증과 미안해하는 표정이 되살아났다. 다시 거리에 나섰을 때 그녀는 난쟁이가 되어 있었다.

그러나 그녀가 분위기를 바꾸어 놓았다. 그녀를 뒤따라 우리가 거리에 나섰을 때, 그녀가 불러낸 분위기가 곱사등이와 뒤틀리고 기형인 사람들을 실제로 만들어 낸 것 같았다. 형제로 보이는 수염 난 두 남자가 눈이 완전히 멀어서 가운데 있는 어린 꼬마의 머리에 손을 얹고 몸을 가누면서 거리를 따라 내려갔다. 완강하면서도 떨리는 장님의 걸음걸이였다. 그들을 덮친 무시무시하고도 불가피한 운명을 다가오는 이들에게 더해 주는 것 같았다. 그들이 고개를 꼿꼿이 들고 지나갈 때 그 작은 무리는 침묵 속에 똑바로 불행을 몰고 감으로써 행인들을 뿔뿔이 갈라놓는 것 같았다. 실로 그 난쟁이는 절뚝거리며 기이한 춤을 추기 시작했고 거리의 모든 사람이 동참했다. 번들거리는 물개 가죽에 꼭 감싸인 통통한 부인, 지팡이의 은 손잡이를 빨고 있는 정신박약아, 부조리한 인간 상황에 갑자기 압도되어 주저앉아서 보려는 듯이 문간에 쭈그린 노인. 모두가 절뚝거리고 탁탁 두드리며 난쟁이의 춤에 끼어들었다.

이 절름발이와 장님들, 이 장애인들이 어떤 틈과 구석에서 살아왔을까 의아해질 수 있다. 여기 홀번 거리와 스트랜드 거리 사이의 비좁고 낡은 집들의 꼭대기 층에서 살아갈지 모른다. 여기에 기묘한 이름을 가진 사람들이 아주 다양한 별난 직업을 갖고 있어서 금박을 제조하거나 스커트 주름을 박고 단추를 씌우거나 더욱 기발하게도 받침 있는 컵이나 사기 우산 손잡이, 순교자 성인들의 초상화를 팔아서 생계를 잇는다. 그곳에서 그들은 기숙한다. 물개가죽 재킷을 입은 여자는 스커트 주름을 박는 사람이나 단추를 씌우는 남자와 함께 낮 시간을 보내며 인생을 견딜 만하다고 여길 것 같다. 그처럼 색다른 삶은 전적으로 비극적일 수 없다. 그들은 우리가 누리는 풍요를 배 아파 하지 않으리라고 우리는 생각한다. 그런데 모퉁이를 돌아서면 갑자기 험악한 인상에 굶주림에 찌들어 비참한 기분으로 쏘아보는 수염 난 유대인과 맞닥뜨린다. 혹은 죽은 말이나 당나귀에 황급히 던져진 덮개 같은 망토에 휘감긴 채 공공건물의 층계에 버림받고 엎어져 있는 노파의 웅크린 몸을 지나친다. 이런 광경을 보면 척추의 신경이 곤두선다. 눈에서 돌연히 불꽃이 타올라 흔들린다. 답이 없는 질문이 던져진다. 이런 낙오자들은 빈번히 극장 가까이 손풍금 소리가 들리는 곳에, 밤이 깊어 가면서 만찬에 가는 사람들과 무희들의 금박 외투와 환히 빛나는 다리가 거의 닿을 곳에 엎어져 있다.

13

이처럼 문간에 엎드린 여자들이나 맹인 남자들, 절뚝거리는 난쟁이들에게, 바로 옆의 상점들에서는 당당한 백조의 도금된 목 모양이 떠받치는 소파, 알록달록한 과일이 듬뿍 담긴 바구니가 새겨진 탁자, 멧돼지 머리의 무게를 지탱하도록 녹색 대리석을 깐 작은 탁자, 금박 입힌 바구니, 나뭇가지 모양 촛대, 세월이 흘러 색이 바래서 카네이션 꽃들이 연녹색 바다에 거의 사라져 버린 카펫을 판매한다.

지나치면서 흘끗 쳐다보면, 모든 것에 우연히도 기적적으로 아름다움이 흩뿌려져 있다. 마치 옥스퍼드 거리의 기슭에 시간에 맞춰 단조롭게 짐을 내려놓는 교역의 파도가 오늘 밤에는 보물만 해안에 던져놓은 듯이. 물건을 살 생각은 전혀 없이 눈은 장난치며 흥겨워한다. 눈은 창조하고, 장식하고, 멋지게 꾸민다. 거리에 서서 우리는 상상으로 방대한 저택을 세우고 온갖 방들을 소파와 탁자, 카펫으로 마음대로 꾸밀 수 있다. 저 양탄자는 현관에 적합하고, 저 매끄럽고 흰 수반은 창가의 깎아 만든 탁자에 올려놓아야겠다. 떠들썩하게 수선치는 우리의 모습이 저 두툼하고 둥근 거울에 비칠 것이다. 그렇지만 집을 세우고 가구를 비치했어도 다행히 그 집을 소유해야 할 의무는 없다. 눈 깜박할 사이에 그 집을 해체하고 다른 집을 지어 다른 의자와 다른 거울을 비치할 수 있다. 아니면 골동품 보석상에 진열된 반지들과 걸려 있는 목걸이에 탐닉하자. 가령 저 진주를 골라서 몸에 걸면 인생이 어떻게 달라질지 상상해 보자. 곧 새벽 2~3시가 된다. 인적이 끊긴 메이페어 거리에 가로등이 희푸른 빛을 발한다. 이 시간에는 자동차만 오가고, 공허하고 비현실적이며 호젓하게 흥겨운 느낌이 엄습한다. 진주를 걸고 실크 드레스를 입고 잠든 메이페어의 정원들이 내려다보이는 발코니로 걸어 나간다. 법정에서 돌아온 저명한 귀족들과 실크 양말을 신은 하인들, 정치가의 손을 힘주어 잡은 미망인들의 침실에 촛불 몇 개가 켜져 있다. 고양이 한 마리가 정원 담벼락을 기어오른다. 사랑의 행위가 두터운 초록 커튼 뒤의 어두운 방구석에서 쉬쉬 소리를 내며 유혹적으로 일어난다. 연로한 수상은 햇빛에 잠긴 영국의 여러 주와 자치주 들이 내려다보이는 테라스를 거닐 듯이 차분하게 걸음을 옮기며 곱슬머리에 에메랄드를 달고 있는 귀부인에게 국사에 큰 위기가 닥쳤던 일을 정확히 들려준다. 우리는 가장 커다란 배의 가장 높은 돛대 꼭대기에 타고 있는 듯하다. 그렇지만 동시에 우리는 이런 일들은 중요하지 않고, 사랑은 이렇게 증명되지 않으며, 위대한 업적은 이렇게 완성되지 않는다는 것을 안다. 그래서 우리는 발코니에 서서 메리 공주의 정원 담벼락을 기어가는 달빛 어린 고양이를 바라보며 그 순간을 희롱하고 우리의 깃털을 그 순간에 가볍게 꽂는다.

그러나 얼마나 터무니없는 상상인가! 실은 정각 6시이고, 겨울 저녁이다. 우리는 연필을 사러 스트랜드 거리로 가고 있다. 그렇다면 어떻게 6월에 진주 목걸이를 걸고 발코니에 서 있을 수 있는가? 이보다 터무니없는 일이 있을까? 하지만 이는 자연의 우행이지 우리의 우행이 아니다. 자연은 자신의 최고 걸작으로 인간을 만드는 일에 착수했을 때 오로지 한 가지만 생각해야 했다. 그런데 자연은 고개를 돌리고 자기 어깨 너머로 우리를 하나하나 들여다보면서 우리의 주된 본성과는 전적으로 모순되는 본능과 욕망이 스며들게 놔두었다. 그래서 우리는 줄이 그어지고 얼룩덜룩한 혼합물이 되었고 색깔이 바랬다. 진정한 자아는 1월에 보도 위에 서 있는 이것인가 아니면 6월의 발코니에서 고개를 숙이고 있는 저것인가? 내가 여기 있는가, 저기 있는가? 아니면 진정한 자아는 이도 저도 아니고, 여기도 저기도 아니고, 너무도 다양하고 종잡을 수 없는 것이라서, 우리가 그것의 소망을 마음껏 펼치게 하여 방해받지 않고 제 갈 길을 갈 때만이 실로 우리 자신이 되는 걸까? 상황은 통합성을 요구한다. 편의를 위해 인간은 통합체가 되어야 한다. 저녁에 집 문을 열고 들어서는 선량한 시민이라면 은행가이자 골프 치는 사람이고 남편이자 아버지여야 한다. 사막을 유랑하는 유목민이나 하늘을 응시하는 신비주의자, 샌프란시스코 슬럼가의 난봉꾼, 혁명에 앞장선 군인, 무신론과 고독으로 울부짖는 떠돌이가 아니다. 그는 집 문을 열 때 손가락으로 머리칼을 쓸고 자기 우산을 다른 것들처럼 우산꽂이에 넣어야 한다.

그런데 어느덧 너무 이르지 않은 시간에 중고 서점에 이르렀다. 여기서 우리는 이처럼 거슬러 흐르는 존재의 흐름에서 정박할 곳을 발견한다. 거리의 빛나는 풍경과 비참한 광경을 본 후 여기서 균형을 잡는다. 출입문에서는 보이지 않지만 서점 주인의 아내가 활활 타오르는 석탄불 옆에 앉아 난로망에 발을 올려놓은 모습은 보기만 해도 차분하고 유쾌해진다. 그녀는 책을 읽는 일이 없고 고작해야 신문을 본다. 책 파는 일과 무관하게 얘기할 때는 아주 즐겁게 모자를 화제에 올린다. 예쁘고도 실용적인 모자를 좋아한다고 그녀는 말한다. 아니, 우리는 서점에서 살지 않아요. 브릭스톤에 살아요. 난 녹색 식물을 옆에 두고 봐야 해요. 여름에는 내 정원에서 자란 꽃을 단지에 담아 먼지 덮인 책 더미 위에 두면 서점에 생기가 돌지요. 책들은 어디에나 있고, 우리 마음은 늘 똑같은 모험심으로 채워진다. 헌책은 길들지 않은, 부랑하는 책이다. 오합지졸의 책들이 엄청난 무리를 이루어 모여 있기에, 서재의 길든 책들에 없는 매력이 있다. 더욱이 이처럼 아무렇게나 잡다하게 모인 무리에서 우리는 운이 좋으면 이 세상에서 최고의 벗이 될 완벽한 이방인과 스칠 수 있다. 너무 낡아 버려진 기색이 역력해 윗 선반에서 빼낸 희끄무레한 책에서 양모 시장을 답사하려고 백 년 전에 말을 타고 중부 지방과 웨일스로 떠난 사람을 만날지 모른다는 희망이 늘 존재한다. 어떤 미지의 여행자는 여관에 묵었고, 맥주를 마셨고, 예쁜 아가씨들과 윤리적 관습을 주목했고, 그 모든 것을 순전히 그 일이 좋아서 완강하게 노고를 들여 기록했다.(그 책은 자비로 출판되었다.) 그는 대단히 몰취미하고 분주하며 사무적인 인물이라서, 자신을 묘사하면서 자기도 모르는 사이에 접시꽃과 건초 냄새가 흘러들게 놔두었다. 그래서 그는 마음의 따뜻한 난롯가 구석에서 영원히 자리를 차지하게 되었다. 지금 그 책은 18펜스에 살 수 있다. 3실링 6펜스 가격이 붙어 있지만 표지가 아주 낡은 데다 그 책이 서퍽에 사는 어떤 신사의 서재 경매에서 사입된 후 아주 오래 팔리지 않았던 것을 생각하고 서점 주인의 아내가 그 값에 내줄 것이다.

이렇게 서점을 돌아보면서 우리는 알지 못하는 사람들, 사라진 사람들과 갑자기 변덕스러운 우정을 맺는다. 그들이 남긴 기록은 가령 이 작은 시집뿐인데, 작가의 초상화가 아름답게 인쇄되고 섬세하게 새겨져 있다. 그는 시인이었는데 물에 빠져 요절했다. 그의 시는 온화하고 정중하며 훈계조이기는 하지만 어느 뒷골목에서 코르덴 재킷을 입은 이탈리아인 악사가 체념한 듯 연주하는 손풍금처럼 가냘프고 맑은 소리를 지금도 내보낸다. 여행가들의 책도 줄줄이 늘어서 있다. 불굴의 이야기꾼이었던 그들은 빅토리아 여왕의 소녀 시절에 자신들이 그리스에서 겪었던 불편과 경탄하며 바라보았던 일몰 광경을 지금도 증언한다. 콘월을 여행하며 주석 광산을 찾아본 일은 아주 길고 상세하게 기록할 가치가 있다고 여겨졌다. 사람들은 유유히 라인 강을 따라 올라가면서 머물로 서로의 초상화를 그렸고, 갑판의 둘둘 말린 밧줄 옆에 앉아 책을 읽었다. 사람들은 피라미드를 측정했고, 오랫동안 문명사회를 등지고 살았고, 역병이 도는 습지에서 흑인들을 개종시켰다. 이처럼 짐을 꾸려 여행을 떠나고, 사막을 탐험하며 열병에 걸리고, 인도에 정착해서 평생을 살아가고, 심지어 중국에도 뚫고 들어갔다가 돌아와 에드먼턴에서 시골 사람으로 살아가려면, 먼지투성이 바닥에 굴러떨어져 요동치는 바다처럼 흔들린다. 바로 문 앞에 밀려든 파도에 이토록 영국인들은 안절부절못한다. 여행과 모험의 파도는 서점 바닥에 들쭉날쭉 기둥처럼 세워진, 진지한 노력으로 평생에 걸쳐 저술한 작은 섬들에 부딪혀 부서지는 것 같다. 금박 문자가 책등에 박힌 암갈색 표지의 책 더미에서 사려 깊은 목사들이 복음서를 상세히 설명한다. 학자들이 망치와 끌로 에우리피데스와 아이스킬로스의 옛 문서를 명료하게 쪼아내는 소리가 들릴 것이다. 숙고하고 주해를 붙이고 해명하는 작업이 사방에서 엄청난 속도로 진행되고, 규칙적으로 끝없이 밀려오는 조수처럼 고대 픽션의 바다가 모든 것을 휩쓸어 간다. 아서가 로라를 사랑했고 그들이 헤어졌으며 불행하게 지내다가 다시 만나서 이후로 영원히 행복했다는(빅토리아 여왕이 이 섬들을 지배했을 때 이야기 방식이 그렇듯이) 얘기를 들려주는 책들이 수없이 많다.

세상에 책은 무한히 많다. 그래서 우리는 흘끗 쳐다보고 고개를 끄덕이며 한순간 얘기를 나누다가 불현듯 의미를 깨닫고는 나아갈 수밖에 없다. 바깥 거리에서 지나다가 어떤 단어를 포착하고 우연히 들려온 구절에서 어떤 생애를 지어내듯이. 케이트라는 여자에 대해 누군가 얘기를 한다고 치자. "내가 그녀에게 말했어. 어젯밤에 직설적으로…… 내가 1푼짜리 우표만 한 가치도 없다고 당신이 생각한다면 하고 내가 말했지……." 그러나 케이트가 누구인지, 그 1푼짜리 우표가 그들 관계의 어떤 위기를 가리키는지 우리는 알 수 없다. 그들의 열띤 수다 밑으로 케이트가 침잠하기 때문이다. 여기 거리 모퉁이의 가로등 밑에서 얘기를 나누는 두 남자를 보면, 인생이라는 책의 또 다른 면이 펼쳐진다. 그들은 최신 기사에서 뉴마켓(잉글랜드 남동부의 도시로 경마로 유명하다.)발 최신 전보를 판독하고 있다. 그들은 행운이 찾아와 자신들의 누더기가 모피와 모직 양복으로 바뀌고, 손목시계 체인을 매달아 주고, 지금은 해져 벌어진 셔츠에 다이아몬드 핀을 꽂아 주기를 기대하는 걸까? 그러나 이 시간에 길을 걷는 사람들은 대개 너무 빨리 스쳐 가기에 그런 질문을 던지기 어렵다. 직장에서 집으로 돌아가는 이 짧은 시간에, 그들은 책상에서 벗어나 뺨에 닿는 신선한 공기를 느끼며 몽롱한 꿈에 감싸여 있다. 그들은 옷장에 걸어 두고 하루 종일 잠가 두었던 화려한 옷을 꺼내 입고, 뛰어난 크리켓 선수, 유명한 여배우, 유사시 나라를 구한 군인이 된다. 꿈을 꾸고 몸짓을 하고 이따금 몇 단어를 소리 내어 중얼거리기도 하면서 그들은 스트랜드 거리를 미끄러지듯 지나 워털루 브리지를 건너서 덜걱거리는 긴 기차에 몸을 던지고 여전히 꿈을 꾸며 흔들리다가 반스나 서비튼의 작고 아담한 집에 이른다. 현관 시계를 보고 지하실에서 올라오는 저녁 식사의 냄새를 맡으면 그 꿈에 구멍이 난다.

그런데 이제 스트랜드 거리에 이르렀다. 연석에서 조금 머뭇거리는 동안 손가락만 한 작은 막대가 삶의 속도와 풍부함을 가로질러 빗장을 지르기 시작한다. '정말 해야 해. 정말로 해야 하는데.' 바로 그것이다. 그런 요구를 따져 보지 않고 마음은 그 익숙한 폭군에 움츠린다. 사람은 이런저런 일을 해야 하고, 언제나 해야 한다. 그저 즐기는 것은 용납되지 않는다. 이런 이유 때문에 얼마 전에 핑곗거리를 만들어 내고 무언가를 사야 한다고 꾸며내지 않았을까? 그런데 무엇이었지? 아, 생각난다. 연필이었다. 그러면 연필을 사러 가자. 그런데 그 명령에 따르려고 몸을 돌리는 순간 또 다른 자아가 억지를 부리는 폭군의 권리에 이의를 제기한다. 늘 벌어지는 갈등이 인다. 의무의 막대 뒤에 펼쳐진 템스 강의 강폭 전체가 한눈에 들어온다. 드넓고 구슬프고 평화롭다. 세상에 근심 걱정 하나 없이 여름날 저녁에 강둑 너머로 몸을 구부린 사람의 눈으로 강을 바라본다. 연필을 사는 것은 미루기로 하자. 이 사람(오래지 않아 이 사람이 우리 자신임이 명백해진다.)을 찾아가도록 하자. 여섯 달 전에 서 있던 곳에 설 수 있으면 우리는 다시 그때의 우리가 되지 않을까? 평온하고 초연하고 자족하던 우리가. 그러면 시도해 보자. 하지만 강은 예전의 기억보다 거칠고 짙은 잿빛이다. 물결이 바다로 쓸려 나간다. 강물에 예인선과 바지선 두 척이 흘러오고, 바지선에 실린 밀짚은 방수포 덮개 밑에 단단히 묶여 있다. 또한 가까이에서 남녀 한 쌍이 난간 위로 몸을 내밀고 연인들이 흔히 그러듯 희한하게도 남들의 시선을 아랑곳하지 않고 중얼거린다. 자신들의 연애가 중요한 나머지, 의심의 여지 없이 남들의 아량을 요구할 수 있다는 듯이. 지금 보이는 광경과 들리는 소리에는 옛 특색이 전혀 없다. 또한 우리는 지금 서 있는 자리에 여섯 달 전에 섰던 사람의 평온도 나눠 갖지 못한다. 그는 죽음의 행복을 누리지만, 우리는 삶의 불안정을 누린다. 그는 미래가 없지만, 미래는 지금도 우리의 평화를 침해한다. 우리는 과거를 바라보고 거기서 불확실한 요소를 뺴낼 때만 완벽한 평화를 누릴 수 있다. 지금으로는 우리가 몸을 돌려 다시 스트랜드 거리를 가로지르고, 이 시각에도 기꺼이 연필을 팔 가게를 찾아야 한다.

새로운 방에 들어가는 것은 늘 모험이다. 그 주인의 삶과 성격에서 나오는 기운이 농축되어 방에 스며들었기 때문이다. 방에 들어서면 우리는 밀려오는 새로운 감정의 파도에 맞선다. 여기 문구점에서는 말다툼이 벌어졌음이 분명하다. 그들의 분노가 허공을 가로질렀다. 그들(그들은 분명 부부였다.) 둘 다 하던 일을 중단했다. 나이 든 여자는 뒷방으로 물러났고, 둥근 이마와 동그란 눈이 엘리자베스 시대 큰 책의 권두 삽화에 잘 어울렸을 노인이 남아서 우리를 맞았다. "연필, 연필이라, 암요, 암요." 그가 되풀이해서 말했다. 그는 치밀어 오르는 감정을 맹렬히 억제한 듯이 산만하고도 과장된 어투로 말했다. 그는 상자를 연달아 열어 보고 닫았다. 잡다한 물건들이 아주 많아서 원하는 것을 찾기가 아주 어렵다고 말했다. 그러더니 아내의 행실 때문에 수렁에 빠진 어떤 법조계 신사에 대한 이야기를 꺼냈다. 그가 여러 해 알고 지낸 그 신사는 법원과 오십 년간 관련되어 있었다고 뒷방의 아내가 엿듣기를 바라는 듯이 말했다. 그는 고무줄이 든 상자를 뒤엎었다. 급기야는 자신의 불찰에 짜증이 나서 반회전문을 밀고는 아내가 숨기기라도 했다는 듯이 "연필을 어디 뒀소?"라고 거칠게 소리쳤다. 노부인이 들어왔다. 누구에게도 눈길을 주지 않은 채 정당하고 엄격한 분위기를 살짝 풍기면서 부인은 정확하게 상자를 골라 손을 올려놓았다. 연필이 들어 있었다. 그 주인은 아내 없이 어떻게 살아갈 수 있을까? 그녀는 그에게 꼭 필요하지 않을까? 어쩔 수 없이 감정을 드러내지 않고 나란히 서 있는 그들을 거기 붙잡아 두기 위해 연필을 고르면서 까다롭게 굴어야 했다. 이건 너무 부드럽고 저건 너무 단단하군요. 그들은 말없이 응시하며 서 있었다. 더 오래 서 있을수록 한결 차분해졌다. 열기가 가라앉고 분노가 사라지고 있었다. 이제, 어느 쪽도 말 한마디 하지 않았지만 화해가 이루어졌다. 벤 존슨 작품의 속표지에 실려도 손색없었을 노인은 상자를 다시 제자리에 끼워 넣고 고개를 깊이 숙여 우리에게 인사했고, 그들은 안으로 들어갔다. 부인은 바느질거리를 꺼내고 노인은 신문을 읽을 것이다. 카나리아는 그들에게 공평하게 씨를 흩뿌릴 것이다. 말다툼은 끝났다.

보이지 않는 것을 찾고, 말다툼이 수습되고, 연필을 산 그 몇 분 사이에 거리는 완전히 텅 비어 있었다. 삶은 꼭대기 층으로 물러났고, 가로등이 켜졌다. 보도는 건조하고 딱딱했다. 길은 두들겨 편 은박처럼 은은히 빛났다. 적막한 거리를 지나 집으로 돌아오면서 난쟁이 이야기나 장님 이야기, 메이페어 저택의 파티 이야기, 문구점에서의 말다툼 이야기를 스스로에게 들려줄 수 있으리라. 이 각각의 삶을 살짝 뚫고 들어가서 자신이 단 하나의 마음에 묶여 있지 않고 다른 사람의 몸과 마음을 잠시 몇 분간 입어 볼 수 있다는 환상을 품을 수 있으리라. 그래서 청소부나 술집 주인, 거리의 가수가 될 수도 있다.

자아의 직선 길을 벗어나 오솔길로 일탈하는 것보다 즐겁고 경이로운 일이 있을까! 가시밭과 두꺼운 나무 밑을 지나 우리 인간이라는 저 야수들이 사는 숲의 오지에 이르는 오솔길을.

그것이 사실이다. 달아나는 것은 가장 큰 기쁨이다. 겨울 날 거리를 헤매는 것은 가장 큰 모험이다. 그렇지만 우리 집 층계에 다시 다가가면서 옛 소유물이, 옛 편견이 우리를 감싸고, 거리의 수많은 모퉁이에서 흩날렸고 접근할 수 없는 수많은 등불에 부딪힌 나방처럼 부딪혔던 자아를 보호하고 에워싸는 것을 느끼면 편안해진다. 여기에 다시 익숙한 문이 있다. 여기에 우리가 두었던 대로 의자가 돌려져 있고 수반과 카펫의 갈색 고리 자국이 있다. 그리고 여기에 (다정하게 살펴보고 경건하게 만져 보자.) 도시의 보물더미에서 건져낸 유일한 전리품, 연필 한 자루가 있다.

충실한 벗에 관하여

우리가 금화나 은화로 값을 치르고 동물을 사서 우리의 소유물로 여기는 것은 주제넘을 뿐 아니라 뻔뻔한 구석이 있다. 난롯가 깔개에 누워 말없이 비판적인 눈으로 쳐다보는 동물이 우리의 기이한 인습을 어떻게 생각하고 있을지 궁금해하지 않을 수 없다. 신비로운 페르시아 고양이의 먼 조상이 신으로 숭배되던 때 그 주인인 우리는 온몸을 푸르게 칠하고 동굴 속을 기어 다녔다. 고양이가 물려받은 엄청난 경험은 뭐라 표현할 수 없이 너무나 엄숙하고 미묘한 눈에 담겨 있는 듯하다. 고양이가 뒤늦게 태어난 우리 문명을 바라보며 미소를 짓고 여러 왕조의 흥망성쇠를 떠올린다는 생각이 이따금 들기도 한다. 또 우리가 동물을 약간 경멸하면서 너무 허물없이 대하는 것도 불경하다. 우리는 작고 단순한 야생 동물을 마음대로 옮겨서 단순하지도 야생적이지도 않은 우리의 집 옆에 살게 한다. 개의 눈을 쳐다보고 있노라면 종종 젊은 시절에 외로운 곳에서 사냥하던 야생 개로 다시 변한 듯이 갑자기 떠오른 원초적 동물의 표정을 만나게 된다. 이 야생 동물들이 고작해야 흉내를 낼 수밖에 없을 우리의 본성을 따르라고 그들의 본성을 포기하게 만들다니 우리는 얼마나 뻔뻔스러운가! 그것은 문명이 저지른 미묘한 죄 가운데 하나다. 우리가 어떤 야생 정신을 보다 순수한 대기에서 끌어내었는지, 누구로 하여금 다탁에서 설탕 덩어리를 구걸하도록 훈련시켰는지, 목신인지 님프인지 숲의 요정 드라이어드인지 모르기 때문이다.

우리가 예전에 잃어버린 친구 섀그를 길들였을 때는 그런 죄를 지었던 것 같지 않다. 섀그는 천성적으로 사교적인 개였고, 인간 세계에도 그에 상응하는 인물이 있다. 나는 클럽의 내닫이창 가에서 편히 다리를 벌리고 앉아 시가를 피우며 증권 거래소의 최근 소식을 동료와 의논하는 섀그를 그려볼 수 있다. 그의 가장 좋은 친구라도 그에게 낭만적이거나 신비로운 동물 본성이 있다고 자랑하기는 어려웠다. 하지만 그래서 한갓 인간들에게는 훨씬 좋은 벗이었다. 그렇지만 그는 낭만적 요소가 충만한 혈통을 지닌 채 우리에게 왔다. 그를 사려다가 그의 분양가에 경악해서 머리와 몸통은 콜리이면서 다리는 스카이테리어처럼 몹시 짧다고 지적했을 때 우리는 그가 바로 스카이 순종이라는 장담을 들었다. 인간의 귀족 사회에서 오브라이언이나 오코너 가문만큼이나 중요한 족장이라는 것이다. 스카이테리어 족은, 다시 말해 부계의 특징을 이어받은 종은, 어찌된 일인지 지상에서 휩쓸려 나갔고, 스카이 순종의 유일한 자손인 섀그가 노픽의 잘 알려지지 않은 마을에 사는 미천한 대장장이의 자산으로 남아 있었다. 그런데 그는 섀그의 위상에 지극한 충성심을 품었고, 섀그의 고귀한 태생을 대단히 효과적으로 피력했으므로 우리는 영광스럽게도 상당한 돈을 지불하고 섀그를 들였다. 섀그는 대단히 지체 높은 신

사라서 원래의 용도에 맞게 쥐를 잡는 천한 일은 하지 않았다. 그렇지만 그가 분명 가족의 품위를 높여 준다고 우리는 느꼈다. 섀그는 산책을 나가기만 하면 그의 신분에 존경을 표하지 않는 건방진 평범한 개들을 꼭 벌주었다. 그래서 법적 제한이 풀린 후에도 오랫동안 우리는 그 고귀한 턱에 입마개를 씌워야 했다. 나이를 먹어 중년이 되면서 섀그는 자기와 같은 종자뿐 아니라 그의 주인인 우리에게도 전제 군주처럼 행세했다. 주인이라는 호칭이 섀그와 관련해서는 터무니없는 것이라서 우리는 스스로를 그의 삼촌과 이모라고 불렀다. 섀그가 불쾌감을 인간의 몸에 표시해야겠다고 느꼈던 경우는 어떤 손님이 경솔하게도 그를 평범한 애완견으로 취급하며 설탕으로 유혹하고 "피도"라는 경멸스러운 애완견의 이름으로 불러 욕을 보인 때뿐이었다. 섀그는 특유의 자주적 기세로 설탕을 거부했고 대신 종아리를 만족스럽게 한입 가득 물었다. 그러나 자신이 마땅한 존중을 받고 있다고 느낄 때 그는 더없이 충실한 벗이었다. 그는 애정을 드러내지 않았다. 그러나 시력이 감퇴되어도 주인의 얼굴을 몰라보지 않았고, 귀가 멀었어도 주인의 목소리를 여전히 들었다.

섀그의 일생에 등장한 악령은 집안에 들어온 매력적인 목양견 강아지였다. 그 개는 순종이었지만 불행히도 꼬리가 없었고, 그 사실을 섀그는 의기양양하게 주목하지 않을 수 없었다. 우리는 그 강아지가 늙은 섀그의 아들을 대신해 줄 거라고 착각했다. 얼마간은 두 개가 잘 지냈다. 그러나 섀그는 사교술을 늘 경멸했고, 정직성과 독자성이라는 그의 순수한 자질로 우리 마음을 차지해 왔다. 반면 그 강아지는 애교가 철철 넘치는 어린 신사여서, 우리가 공정하게 대하려고 노력했지만, 섀그는 그 강아지가 우리의 관심을 독차지한다고 느낄 수밖에 없었다. 섀그가 어색하고 부끄러운 듯이 늙고 뻣뻣한 앞발을 들어 흔들어 달라고 내게 내밀던 모습이 지금도 생각난다. 이는 그 강아지가 가장 잘 부리던 재주였다. 섀그의 그런 모습을 보니 눈물이 날 지경이었다. 나는 미소를 짓기는 했지만 늙은 리어 왕을 떠올리지 않을 수 없었다. 섀그는 너무 늙어 새 재주를 익힐 수 없었다. 하지만 2인자로 물러설 수는 없었다. 그래서 그는 힘으로 그 문제를 결정짓겠다고 결심했다. 몇 주간 긴장이 고조되더니 마침내 전투가 벌어졌다. 그들은 흰 이빨을 번쩍이며 서로에게 달려들었고, 섀그가 먼저 공격했다. 둘은 서로 뒤엉켜 풀밭에서 몇 차례 굴렀다. 마침내 우리가 떼어 놓았을 때는 둘 다 상처투성이로 피가 흐르고 털이 흩날렸다. 그 후로는 화해가 불가능했다. 그들은 마주치기만 하면 으르렁거렸고 몸이 뻣뻣해졌다. 이제 남은 문제는 이것이었다. 누가 승자인가? 누가 남고 누가 떠날 것인가? 우리가 내린 결정은 비열하고 부당했지만 변명의 여지는 있었을 것이다. 늙은 개는 살 만큼 살았으므로 젊은 세대에게 자리를 내주어야 한다고 우리는 이야기했던 것이다. 그래서 늙은 섀그는 왕좌에서 물러났고, 파슨스그린의 품위 있는 미망인의 집으로 보내졌다. 젊은 개가 그를 대신하여 군림했다. 한 해 두 해가 지났지만 우리는 젊은 시절의 우리를 알고 있던 옛 친구를 결코 보지 못했다. 여름 휴가철에 섀그가 자신을 돌봐주는 사람과 함께 찾아왔지만 우리가 집에 없었다. 이렇게 작년까지 시간이 흘렀다. 우리는 몰랐지만, 그것이 그의 마지막 해였다. 큰 질병과 걱정에 휩싸인 어느 겨울밤에 부엌문 밖에서 계속 짖는 소리가 들렸다. 안으로 들여 달라는 개의 울음이었다. 과거에 그 소리가 들린 후 여러 해가 지났기에 이제 부엌에서 그 소리를 알아들은 사람은 한 명뿐이었다. 그녀가 문을 열자 섀그가 들어왔다. 이제 눈이 거의 보이지 않고 귀도 완전히 먹은 그 개는 예전에 수없이 그랬듯이 안에 들어서자 좌우도 둘러보지 않고 예전의 난롯가 구석으로 가서 웅크리고 누워서는 아무 소리 없이 잠들었다. 그의 자리를 찬탈한 녀석은 그를 보더니 가책을 느끼듯 슬금슬금 물러났다. 섀그가 자기 권리를 지키려고 싸울 때는 지난 것이다. 어떤 기억이나 공감 본능의 신기한 파동이 그를 여러 해 살아온 집에서 끌어내어 주인집의 익숙한 문지방을 다시 찾게 만들었는지를 우리는 절대 알지 못할 것이다. 그것은 우리가 결코 알 수 없는 많은 것 가운데 하나다. 섀그는 그 옛집에서 산 마지막 가족이 되었다. 그가 강아지였을 때 처음 산책을 다니고 다른 개들을 죄다 물어뜯고 유모차의 아기들을 겁주었던 공원으로 이어지는 길을 건너다가 죽음을 맞은 것이다. 눈멀고 귀먹은 섀그는 다가오는 이륜마차를 보지도 듣지도 못했다. 마차 바퀴가 그의 몸을 넘어가서, 더 오래 살아도 행복할 수 없었을 목숨을 즉시 앗아갔다. 무통 도살실에서 끝나거나 마구간 뜰에서 독살되는 것보다는 바퀴와 말들 사이에서 그렇게 죽는 편이 그에게 나았다.

그래서 우리는 잊지 못할 미덕을 지닌 소중하고 충실한 벗에게 작별을 고한다. 개들에게는 잘못이 거의 없다.

하워스, 1904년 11월

　유명 인사들의 성지를 순례하는 것은 감상적인 여행이라고 비난받아야 하는지도 모르겠다. 자기 서재 의자에 앉아서 칼라일을 읽는 편이 첼시의 방음 장치가 된 방을 찾아가서 원고를 골똘히 쳐다보는 것보다 낫다.[1] 나로서는 입장료 대신에 프리드리히 대제에 관한 시험을 부과하는 편이 좋겠다. 다만 그렇게 한다면, 칼라일의 집은 곧 문을 닫아야 할 것이다. 위대한 작가의 집이나 그 지역이 그의 저서에 대한 이해를 높여 줄 때에 한해 호기심은 정당하다. 샬럿 브론테와 그 자매들의 집과 고향을 순례할 때는 이런 정당성이 있다.

　개스켈 부인이 쓴 『샬럿 브론테의 생애』를 보면 브론테 가족과 하워스는 왠지 뗄 수 없다는 느낌이 든다. 하워스는 브론테 가족을 상징하고, 브론테 가족은 하워스를 상징한다. 둘

1　스코틀랜드 출신의 비평가이자 역사가인 토머스 칼라일의 박물관이 런던의 첼시에 있으며 그의 저서로는 『의상철학』, 『프랑스 혁명』, 『영웅과 영웅 철학』, 『프리드리히 대왕전』 등이 있다.

은 껍질 속 달팽이처럼 꼭 들어맞는다. 주위 환경이 사람의 마음에 얼마나 근본적인 영향을 미치는가 라는 물음을 제기하려는 것은 아니다. 겉으로 볼 때 그 영향력은 대단히 크다. 하지만 그 유명한 목사관이 런던의 슬럼가에 있었다면, 화이트채플의 소굴이 요크셔의 외로운 황야와 똑같은 결과를 낳지 않았을지 의문을 제기할 만하다. 어떻든 이런 말은 하워스를 찾아가려는 단 하나의 구실을 깎아내린다. 터무니없든 그렇지 않든 간에 최근에 내가 요크셔를 여행한 중요한 이유 하나는 하워스를 방문할 수 있다는 사실이었다. 원정에 필요한 준비를 하고 나서 우리는 날씨가 좋은 첫날을 잡아 떠나기로 결정했다. 북부의 진짜 눈 폭풍이 그 황무지를 장악해왔던 것이다. 맑은 날을 기다리는 것은 무모하며 비겁하기도 했다. 내가 알기로 브론테 가족에게는 해가 비치는 날이 극히 드물었다. 우리가 화창한 날을 선택한다면, 오십 년 전 하워스에는 맑은 날이 드물었고 그러므로 우리의 편리를 위해 그 풍경에서 절반의 그늘을 지워 없앴다는 사실을 감안해야 한다. 하지만 하워스 목사관이 세틀의 화창한 날씨에 어떤 인상을 남길지 보는 것도 흥미로울 터였다. 우리는 아주 쾌적한 지대를 지났는데, 당의에 덮여 살짝 굽이치는 방대한 웨딩 케이크처럼 보인 곳이었다. 순결한 눈에 덮인 신부처럼 보이는 땅이 그런 연상을 불러일으켰다.

키슬리라고 발음되는 Keighley는 『샬럿 브론테의 생애』에서 종종 언급된 큰 마을인데, 하워스에서 6.5킬로미터쯤 떨어져 있다. 샬럿은 결혼 예복이나 현재 브론테 박물관의 유리 상자 안에 진열된 얇고 작은 헝겊 신발 같은 중요한 물건을 사러 그곳으로 걸어 다녔다. 현재 큰 공업 도시인 그곳은 북부

도시들이 대개 그렇듯 견고하고 단단하며 장사하는 사람들로 떠들썩하다. 그런 도시는 감상적인 여행객을 위한 시설이 거의 없기에, 우리는 그저 심심풀이 삼아 작은 몸집의 샬럿이 얇은 외투를 걸치고 거리를 따라 재빨리 걸음을 옮기다가 건장한 행인 때문에 도랑으로 떠밀리는 모습을 그려보았다. 그것이 샬럿이 살던 시대의 키슬리였다는 사실이 약간 위안이 된다. 하워스에 다가가면서 우리가 느낀 흥분에는 오래전에 헤어진 후 달라졌을지 모를 친구를 만날 때처럼 고통스러운 긴장감이 섞여 있었다. 책이나 그림에서 얻은 하워스의 이미지가 너무 선명하게 각인되어 있던 것이다. 어느 지점에서 우리는 골짜기에 들어섰다. 골짜기 양편으로 올라가며 마을이 형성되었는데, 언덕 꼭대기에서 교구를 내려다보면 그 교회의 유명한 직사각형 탑이 보였다. 그것이 우리가 참배할 성지를 알려 주었다.

정확히 말해 하워스가 음울하게 보이진 않았지만 예술적 목적에는 더 고약하게도 우중충하고 평범하게 보였던 데는 공감적 상상력이 작용한 탓일 수도 있지만 타당한 이유가 있었던 것 같다. 주택들은 황갈색 돌로 지어졌는데 19세기 초로 거슬러 올라간다. 황야를 점차적으로 올라가며 서로 떨어져 고립된 좁은 땅에 집들이 서있어서 그 마을은 그 넓은 지역에 밀집한 하나의 덩어리를 이룬 것이 아니라 갈래갈래 쭉 뻗어나갔다. 황야의 사면에 길게 줄지어 늘어선 집들은 작은 숲에 에워싸인 교회와 목사관 주위에 떼 지어 모여 있다. 비탈 꼭대기에 이르면 브론테를 사랑하는 사람은 갑자기 강렬하게 치솟는 흥미를 느낀다. 교회, 목사관, 브론테 박물관, 샬럿이 가르쳤던 학교, 브랜웰이 술을 마셨던 불인 주점이 엎어지면 코

닿을 거리에 모여 있다. 박물관이란 분명 핏기 없는 무생물을 수집한 곳이다. 이런 무덤에서 물건을 간직하려면 노력해야 하고, 무덤과 파괴 중 하나를 선택해야 한다. 그러므로 어떤 상황에서든 매우 흥미로운 것들을 많이 보존한 세심한 노력에 고마워해야 한다. 여기에 자필 편지와 필화, 다른 문서들이 많이 있다. 그러나 가장 애처로운 것은, 너무 애처로운 나머지 경건한 느낌도 없이 응시하게 되는 것은 사사로운 유품, 그 죽은 여자의 드레스와 신발이 담긴 상자다. 그런 물건들은 그것을 걸친 육신보다 먼저 죽는 것이 자연스러운 운명이다. 덧없는 미물이기는 하지만 이런 것들이 남아 있기 때문에 샬럿 브론테라는 여자가 되살아나고, 그녀가 위대한 작가였다는 가장 기억할 만한 사실을 잊게 된다. 그녀의 신발과 얇은 모슬린 드레스는 그녀보다 오래 살아남았다. 또 다른 물건이 전율을 일으킨다. 에밀리가 홀로 황야를 배회할 때 들고 다니던 작은 참나무 스툴이다. 거기에 앉아서 그녀는 글을 쓰지 않으면 그녀의 글보다 나았을 것을 생각했다고 한다.

탑의 일부를 제외하고 교회는 물론 브론테 시절 이후에 개축되었다. 그래도 그 놀라운 교회 뜰은 남아 있다. 『샬럿 브론테의 생애』의 옛 판본 속표지에는 그 책의 기조를 알리는 작은 사진이 실려 있다. 사진에는 온통 무덤뿐인 듯하다. 사방에 묘비가 나란히 서 있다. 죽은 이의 이름이 박힌 포석 위를 사람들이 걸어 다녔다. 무덤은 목사관의 정원에도 엄숙하게 파고들었다. 목사관은 죽은 자들에 둘러싸인 작은 생명의 오아시스였다. 이 말이 예술가의 과장이 아니라는 것을 우리는 알게 되었다. 묘비들이 달려들 듯이 땅에서 불쑥 솟아나 말 없는 군인들의 군대처럼 높이 똑바로 줄지어 서 있다. 한 뼘만큼의 빈 공간도 없다. 실로 공간의 효율적 사용이 약간 불경하다. 예전에는 목사관의 현관문에서부터 교회 뜰까지 무덤의 석관을 연상시키는 판석 깐 길이 담장이나 산울타리로 막히지 않고 이어졌다. 정원도 실은 묘지였다. 하지만 브론테 가족의 후예들은 삶과 죽음 사이에 공간이 약간 있기를 바라며 산울타리와 큰 나무 몇 그루를 심었고 그 결과 지금 목사관 정원은 완전히 차단되었다. 목사관 자체는 샬럿이 살았던 시절 그대로 남아 있고 한쪽에 부속 건물이 덧붙었을 뿐이다. 부속 건물에 눈을 질끈 감아 버리면 상자처럼 네모난 목사관이 보인다. 뒤편 황야에서 채석한 흉한 황갈색 돌로 지어진 그 집은 샬럿이 살다 죽었던 시절 그대로 남아 있다. 실내에는 물론 많은 변화가 있었지만, 방들의 원래 형태를 지울 정도는 아니다. 빅토리아조 중기의 목사관은 천재가 살던 곳이었어도 두드러진 점이 없다. 단 하나 호기심을 일으키는 곳은 부엌인데 지금 대기실로 사용되는 그곳에서 배회하면서 샬럿과 자매들은 작품을 구상했다. 소름이 오싹 끼치는 곳도 있다. 에밀리가 그 유명한 싸움이 벌어졌을 때 불도그를 데려가서 꼼짝 못하게 하고는 연달아 주먹으로 내리쳤던 계단실 옆의 길쭉한 구석이다. 다른 면에서 그곳은 다른 목사관들처럼 작고 빈약한 곳이다. 현재 재임 중인 목사 덕분에 우리는 그곳을 돌아볼 수 있었다. 내가 그의 입장이라면 그 유명한 세 유령을 몰아내고 싶다고 종종 느낄 것이다.

단 한 곳만 남았다. 샬럿이 예배를 보고 결혼하고 묻힌 교회다. 그의 생활 반경은 아주 좁았다. 교회의 많은 부분이 달라졌지만 몇 가지가 남아 그를 말해 준다. 제일 먼저 눈에 띄는 것은 연이은 자녀들과 부모들의 이름, 출생과 사망이 적혀 있는 석판이다. 이름들이 뒤를 잇는다. 그들은 아주 짧은 시차를 두고 죽음을 맞았다. 어머니 마리아, 딸 마리아, 엘리자베스, 브랜웰, 에밀리, 앤, 샬럿, 그리고 이들보다 오래 살았던 늙은 아버지. 에밀리는 고작 서른 살이었고, 샬럿은 구 년을 더 살고 죽었다.

죽음의 독침은 죄, 죄의 위력은 법이다. 그러나 우리의 주 예수 그리스도를 통해 우리에게 승리를 주시는 하나님께 감사하라.

그들의 이름 밑에 이 비문이 적혀 있는데, 일리가 있는 말이다. 그 투쟁이 아무리 혹독했더라도 에밀리와 특히 샬럿은 싸워서 승리했기 때문이다.

거리의 악사

'거리의 악사는 골칫거리'라고 런던 광장에 거주하는 솔직한 주민 대부분은 생각한다. 그들은 애써 광장의 평화와 예절 규정이 적힌 게시판에 이 간결한 음악 비평을 선명히 새겨 놓았다. 하지만 비평에 신경을 쓰는 예술가는 단 한 명도 없고, 거리의 예술가들은 영국 대중의 판단을 적절히 경멸한다. 지금 주목한 것 같은 방해 요인이 있고 때로 영국 경찰이 단속하는데도 유랑 악사들이 오히려 늘어나고 있다는 사실은 주목할 만하다. 독일인 악단은 퀸스홀 관현악단처럼 매주 정규적으로 음악회를 연다. 이탈리아인 오르간 연주자들은 그 못지않게 청중에게 충실해서, 시간에 맞춰 동일한 연단에 다시 나타난다. 이처럼 공인된 대가들 외에도 어느 거리에나 유랑하는 스타가 이따금 찾아든다. 저 퉁퉁한 독일인과 가무잡잡한 이탈리아인은 자기 영혼의 예술적 만족감보다 실속 있는 것을 먹고 사는 것이 분명하다. 따라서 응접실 창문에서 동전을 던지면 진정한 음악 애호가의 품위가 손상될 터이므로 지하 출입구 계단에서 건네게 된다. 간단히 말해서, 투박한 멜로디에도 기꺼이 대가를 지불하려는 청중이 있다.

거리의 연주가 성공적이려면 아름답기 이전에 소리가 커야 한다. 이런 까닭에 금관 악기가 인기 있다. 목소리나 바이올린을 사용하는 거리의 음악가들은 진정한 이유가 있어서 그럴 거라는 결론을 내릴 수 있다. 플리트 거리의 연석 옆에서 몸을 흔들며 분명 가슴속 무언가를 표현하려고 바이올린을 켜는 연주자들을 본 적이 있다. 누더기를 걸친 신세라면 모를까 자기 일을 사랑하는 모든 이들에게 구리 동전은 전혀 적절치 않은 보상이다. 사실 나는 자기 영혼의 멜로디를 더 잘 느끼려고 두 눈을 감고 음악의 황홀경에 빠져 말 그대로 온몸으로 연주하며 켄싱턴에서 나이츠브리지까지 걸어가는 초라한 노인을 따라간 적이 있다. 그에게 동전을 던져 주면 불쾌하게도 그 황홀경에서 깨어났을 것이다. 실로 내면에 이런 신을 간직한 사람을 존경하지 않을 수 없다. 헐벗음과 배고픔을 잊을 정도로 영혼을 사로잡는 음악은 본질적으로 신성하기 때문이다. 그가 힘겹게 켜는 바이올린에서 나온 멜로디 자체는 우습더라도 그 연주자는 결코 우습지 않다. 자기 내면의 음악을 표현하려고 정직하게 애쓰는 사람의 노력은 성취한 바가 어떻든 간에 늘 친절하게 대우해야 한다. 착상의 재능은 표현의 재능보다 분명 우월하기 때문이다. 차량들이 요란하게 지나다니는데 그 옆에서 결코 나오지 않을 화음을 위해 바이올린을 켜 대는 남자와 여자 들은 능숙한 호소력으로 수천 명 청자를 매혹하는 대가들 못지않은 큰 재능을(비록 전달하지 못할 운명이라도) 갖고 있다고 생각해도 지나친 것은 아니다.

광장 주민들이 거리 악사를 골칫거리로 여기는 이유는 하나만이 아니다. 그들의 연주는 마땅히 할 일을 하고 있는 집주인들을 방해하고, 유랑 악단의 변칙적 생업은 잘 정돈된 마음에 짜증을 일으킨다. 예술가들은 어떤 부류든 예외 없이 탐탁잖게 여겨져 왔고, 특히 영국인들은 그렇게 대해 왔다. 예술적 기질이 별난 것이기 때문만이 아니라, 우리는 어떤 종류의 표현이라도 상스럽고 무절제하게 여길 만큼 완벽한 교양을 갖추도록 훈련받았기 때문이다. 우리가 보기에, 자기 아들이 화가나 시인이나 음악가가 되는 것을 달가워하는 부모는 거의 없다. 세속적 이유에서만이 아니고, 예술에서 표출되는 사고와 감정의 표현이 남자답지 못하므로 훌륭한 시민이라면 이를 억눌러야 한다고 생각하기 때문이다. 이런 식으로 예술은 장려되지 않고 있다. 예술가는 다른 전문직 종사자보다 더 쉽게 거리에 나앉을 수 있다. 사람들은 그를 경멸뿐 아니라 적지 않은 두려움이 담긴 의심스러운 눈길로 바라본다. 그는 평범한 사람들이 이해할 수 없는 정신에 사로잡혀 있는데, 매우 강력하고 그에게 어마어마한 지배력을 행사하는 그 정신의 목소리를 들으면 언제라도 일어서서 따라가야 한다.

오늘날 우리는 잘 믿지 않는다. 예술가들과 함께 있을 때는 편안한 심정이 아니지만 최선을 다해 그들을 길들이려 한다. 성공한 예술가들은 요즘처럼 존중을 받은 적이 없었다. 여기서 우리는 많은 사람들이 예언했던 바, 그리스도교의 제단이 처음 세워졌을 때 추방당했던 신들이 돌아와 원래 누렸던 것들을 다시 향유하리라는 예언의 징조를 볼 수 있다. 많은 작가들은 이 옛 이교도들의 흔적을 추적하려 애썼고, 동물 가면이나 머나먼 숲과 산의 은신처에서 이를 찾았다고 공언했다. 그러나 모두들 그들을 찾는 동안에 이교도들이 우리들 한가운데서 마법을 걸고 있고, 어느 인간의 명령도 따르지 않고 자기 귀에 와 닿는 비인간의 목소리에 영감을 받는 그 이상한 이교도들이 실로 주위 인간과 다르고 신 그 자체이거나 땅 위에서 살아가는 신의 사제와 예언자라고 가정하더라도 터무니없는 것은 아니다. 나는 음악가에게 어떻든 그런 신성한 혈통을 부여하고 싶다. 어쩌면 이런 의혹이 있어서 우리는 그들을 지금처럼 박해할지 모른다. 단어를 서로 결합해서 유용한 정보를 전달하거나 색깔을 칠해서 유형의 물체를 표현하는 일이 기껏해야 용인해 줄 만한 일이라면, 곡조를 만들면서 시간을 보내는 사람은 어떻게 평가해야 할까? 그의 일이 셋 중에서 가장 존중할 가치가 없고, 가장 무익하며 불필요하지 않은가? 음악을 들음으로써 하루 일과에 유용한 것을 얻지 못한다는 점은 분명하다. 그러나 음악가는 유용한 존재가 아닐뿐더러, 많은 사람들에게 전체 예술가 집단에서 가장 위험한 존재라고 나는 믿는다. 그는 인간의 목소리로 말하는 법이나 인간적인 것을 마음에 전달하는 법을 아직 배우지 못한, 가장 사나운 신의 사제다. 음악은 우리 내면에 그 신처럼 거칠고 비인간적인 것을 일깨우고, 우리가 기꺼이 밟아 뭉개고 잊으려 하는 정신을 일으키기 때문에, 우리는 음악가를 불신하고 그들의 영향력에 휘둘리기를 혐오한다.

교양이 있다는 것은 자신의 능력을 측정하고 이를 완벽히 단련된 상태로 유지하는 일이다. 그러나 우리의 한 가지 재능은 혜택이 되지 못하고 막대한 해를 끼칠 수 있으므로 우리는 그 재능을 개발하기는커녕 최선을 다해 훼손하고 억눌렀다. 자기 인생을 바쳐 이 신에게 봉사하는 사람들을 우리는 동양의 어떤 우상에 대한 광적 숭배자들을 바라보는 기독교인처럼 바라본다. 이교도의 신들이 돌아오면 우리가 숭배한 적 없는 신이 우리에게 복수하리라는 불길한 예감에서 그럴지 모른다. 음악의 신이 우리의 뇌에 광기를 불어넣고, 우리 사원의 벽을 부수고, 리듬이 없는 우리 삶을 증오하며 그의 목소리에 순종하여 영원히 춤추고 빙빙 돌도록 우리를 몰아갈 것이다.

흔한 약점을 고백하듯이 음악을 듣는 귀가 없다고 선언하는 사람들이 늘고 있다. 그런 고백은 색맹이라는 것처럼 하찮은 문제가 아니지만 말이다. 이런 일은 음악의 사제들이 음악을 가르치고 제시하는 방식에서 비롯된다. 음악은 알다시피 위험하다. 그것을 가르치는 사람들은 그토록 취하게 만드는 것을 들이마시는 아이에게 어떤 일이 일어날지 두려워서 그것을 강렬하게 전달할 용기를 내지 못한다. 리듬과 하모니 천제는 말린 꽃처럼 납작 눌려 말끔하게 나눠진 음계와 피아노의 2도 음정과 반음이 되어 버린다. 음악의 가장 안전하고 쉬운 속성인 곡조는 가르치지만, 음악의 영혼인 리듬은 그 본질대로 날개 달린 생물처럼 달아나게 내버려 둔다. 그러므로 음악에서 알아도 안전한 것을 배운 교육받은 사람들은 종종 음악을 잘 알지 못한다고 자랑한다. 교육받지 못한 사람들은 리듬을 멜로디와 분리하지도 않고 부차적으로 여기지도 않으며 누구보다도 사랑하면서 종종 음악을 만들어 낸다.

문명의 기예를 모르는 미개인이 엄밀한 의미의 음악에 눈뜨기 전, 리듬에 매우 민감하듯이, 마음이 다른 활동을 좇도록 정교히 훈련받지 않은 사람들이 리듬감이 강할 수 있다. 마음속 리듬 박동은 몸의 맥박과 비슷하다. 하여 곡조에 둔감한 사람은 많지만 말과 음악과 동작에서 자기 심장의 리듬을 듣지 못할 정도로 엉성하게 조직된 사람은 드물다. 리듬은 그처럼 타고난 것이기에 심장이 뛰는 걸 막을 수 없듯이 음악을 잠재올 수는 없다. 또 이런 이유로 음악은 어디에나 존재하고, 신비롭고도 무한한 자연적 힘을 지닌다.

음악을 억누르려고 갖은 애를 써 왔어도 우리가 그 영향력에 몸을 맡길 때마다 음악은 아무리 아름다운 그림도, 아무리 우아한 말도 필적할 수 없는 힘을 행사한다. 우리는 방 안을 가득 메운 세련된 사람들이 음악가 밴드의 지휘에 따라 율동적인 동작으로 움직이는 신기한 광경에 익숙해졌다. 하지만 언젠가는 그 광경이 리듬의 힘에 잠재된 어마어마한 가능성을 제시하고, 우리 삶 전체가 인간이 증기력을 처음 깨달았을 때처럼 혁신적으로 변화할지 모른다. 가령 아코디언이 울리면 그 투박하고 강한 리듬으로 행인들의 다리를 박자에 맞춰 움직이게 만든다. 승합 마차와 보통 마차들이 내는 거친 불협화음의 한가운데서 악단이 연주를 하면 경찰보다 효과적일 것이다. 마부뿐 아니라 말도 춤곡에 박자를 맞춰야 하고 트럼펫의 지시대로 빠른 걸음이든 보통 구보든 박자를 따라야 할 것이다. 이 원리를 어느 정도 인정해온 군대에서는 음악의 리듬에 맞춰 전쟁터로 행군하도록 부대를 고무한다. 내가 잘못 알고 있는 게 아니라면, 리듬감이 마음에 충만할 때 온갖 일상사를 정돈하는 데뿐 아니라 글쓰기의 기술에 있어서도 큰 진전을 볼 수 있다. 글쓰기의 기술은 음악의 기술과 밀접히 결합되어 있는데, 그것이 퇴보한 것은 대체로 그 결합을 상실했기 때문이다. 우리는 오랫동안 짓밟았던 수많은 운율을 고안해야 한다. 아니 기억해야 한다. 그러면 산문과 운문에서 모두 고대인들이 들었고 관찰했던 하모니를 되찾을 것이다.

리듬만 있으면 쉽게 극단으로 치달을 수 있다. 그러나 귀가 리듬의 비결을 얻게 될 때 선율과 하모니가 리듬과 하나 될 것이고, 리듬에 따라 정확하게 박자에 맞춘 행동들은 이제 각 행동에 어울리는 멜로디와 함께 행해질 것이다. 예를 들어 대화는 우리의 리듬감이 지시하는 대로 그 고유한 운율 법칙을 따를 뿐 아니라 너그러움과 사랑, 지혜로써 고무될 것이다. 심술궂거나 빈정대는 말은 육신의 귀에 끔찍한 불협화음이나 가락이 맞지 않는 음으로 들릴 것이다. 우리 모두 알다시피, 아름다운 음악을 들은 후에는 친구들의 목소리가 귀에 거슬린다. 이는 잠시 삶을 통합된 음악적 완전체로 만들어 준 운율적 하모니의 메아리를 그 목소리들이 휘젓기 때문이다. 이를 생각해 보면, 대기에 퍼져 있는 음악이 있어서 우리는 늘 귀를 곤두세워 들으려 하고 그것은 위대한 음악가들이 간직한 악보에 의해 일부만 우리에게 들리는 듯하다. 숲이나 고적한 데서 주의 깊게 귀를 기울이면 어마어마한 박동을 탐지할 수 있다. 귀가 훈련된 사람에게는 이 박동에 곁들인 음악도 들릴 것이다. 이것은 인간의 목소리가 아니지만, 우리의 어떤 부분이 방해받지 않으면 이해할 수 있는 목소리다. 음악은 어쩌면 인간적 속성에서 자유롭기에 사람이 만든 것 중에서 결코 조잡하거나 추악할 수 없는 유일한 것이다.

그러므로 박애주의자들이 가난한 사람들에게 도서관 대신 음악을 공짜로 제공해서 거리 모퉁이마다 베토벤과 브람스, 모차르트의 멜로디가 울려 퍼지게 한다면, 범죄와 다툼은 오래지 않아 사라지고 수작업과 마음속 생각은 음악의 법칙에 맞춰 선율적으로 흐를 것이다. 그럴 때 거리의 악사나 신의 목소리를 해석하는 사람을 성스러운 인간으로 여기지 않는다면 어리석은 짓이고, 우리의 생활은 새벽에서 일몰까지 음악 소리에 맞춰 나아갈 것이다.

안달루시아의 여관

　　호텔 주인들은 동업자간의 충성심이라 불리는 그 시시하고도 우호적으로 비뚤어진 도덕의식에 지배되어 있음이 분명하다. 우리가 하룻밤을 보내야 할 안달루시아의 작은 시골 마을에서 좋은 숙소를 찾을 수 있을지 물어보았을 때 그곳 호텔이 훌륭하다는 장담을 들었던 것이다. 물론 우리가 서 있던 왕궁 같은 최고급 시설은 아니지만, 훌륭한 이류 여관이고 아주 깨끗한 침대에서 편히 쉴 수 있다는 장담이었다. 그래서 기차가 꾸물거리며 진종일 시골을 달려 결국 밤 9시 반에 멈추고는 더 이상 가지 않겠다고 선언했을 때, 그 호텔 주인의 말을 떠올리자 편안해졌다. 최소한에 만족해야 할 터였다. 여행의 막바지에 식사도 못 한 채 통상적인 저녁 시간이 지나고 석유램프에 떠 있던 심지가 기름에 빠져 버렸을 때 (그것의 생애는 그리 행복하지 못했다.) 우리는 그의 장담에 대해 많이 생각했고, 훌륭한 이류 여관이 인생의 바람직한 모든 것을 상징하게 되었다. 거기서 우리는 소박한 환영을 받으리라. 우리는 여관 주인과 아내가 우리를 맞으러 나와서 짐과 외투를 기꺼이 받아들고 분주히 돌아다니며 방을 정돈하고 우리의 저녁거리로 가금을 잡는 모습을 그려 보았다. 깨끗하고 향기로운 이불을 덮고 보내는 하룻밤 휴식과 소박하지만 맛있는 저녁, 이튿날 일찍 출발하기 전의 멋진 아침 식사에 대해 그들은 말도 안 되는 푼돈을 청구할 것이다. 그런 환대에 은화로 보답하는 것은 더없이 저속한 일이고 영국의 여관 주인들에게서는 오래전에 사라진 그 고귀한 미덕이 스페인에는 아직 살아 있다고 우리는 느낄 것이다.

이런 생각을 하면서 우리는 흔들리며 지친 피로에 대한 보상을 받을 역으로 기차가 들어설 때까지의 시간을 보냈다. 늦은 밤 시간에 무거운 짐을 들고 플랫폼에 내린 두 여행자를 보고 짐꾼들이 적잖이 놀란 기색을 보였기에 조금 불안해졌다. 당연히 사람들이 달려와서 우리를 쳐다보았고, 우리가 조심스럽게 스페인어 단어들을 열거하며 여관에 가고 싶다는 의사를 표현하자 입을 딱 벌리고 응시했다. 회화책의 문장은 박물관에 진열된 멸종된 괴물인 성싶다. 그 괴물이 살아 있는 동물과 관련이 있는지 말할 수 있는 사람은 특별한 지식이 있는 사람뿐이다. 우리가 제시한 견본은 구제불능의 멸종한 괴물임이 분명했다. 더욱이 우리가 요청한 내용뿐 아니라 그 요구를 표현한 언어도 이해되지 못한다는 끔찍한 의혹이 슬며시 일어났다. 스페인어와 프랑스어, 영어가 한참 쓸데없이 충돌하고 난 후에야 그 주민들은 우리가 자기들의 언어를 쓰지 않는다는 것을 깨달았고 몸짓이 효과가 있을지 시험했다. 오래지 않아 어떤 관리가 나타나서는 프랑스어를 할 줄 안다고 했다. 우리는 기뻐하며 호텔을 알려 달라고 프랑스어로 말했다. "기차가 오늘 밤에는 더 가지 않소." 그 통역자가 대답했다. "그건 알고 있어요. 그래서 여기서 오늘 밤을 묵고 싶어요." 우리가 말했다. "내일 아침 5시 30분 기차." "그렇지만 오늘 밤은 호텔." 우리는 줄기차게 말했다. 프랑스어를 아는 그 신사는 체념한 듯이 연필을 꺼내 숫자 5와 30을 크고 새까맣게 그렸다. 우리는 어깨를 으쓱하고는 "호텔"이라고 처음에는 프랑스어로, 그다음에는 세 가지 스페인어로 외쳤다. 이때쯤 우리를 완전히 둥글게 에워싼 사람들이 서로 옆 사람에게 그것을 번역해 주었다. 그러자 우리는 한사코 집에 남겨지길 거부했던 스페인어 사전을 떠올렸다. 그러고는 "호텔"에 해당되는 스페인어를 찾아서 집게손가락으로 눌러 강조했다. 가급적 많은 머리들이 밀착해서는 가리킨 곳을 멍하니 응시했고, 통역자가 기발한 생각을 해냈다. 그는 그 단어가 있던 곳을 놓치고는 S부터 Z 사이에서 자신의 단어를 열심히 찾았다. 우리는 그에게 사전의 스페인어 부분을 알려 주고 오래 탐색하도록 내버려 두었다. 결국에는 무익한 탐색이었다.

그동안 우리는 외마디 단어를 되풀이하면서 그것이 어딘가에서 결실을 얻기를 바랐다. 한마디 할 때마다 사람들에게서 스페인어가 와글와글 터져 나왔다. 마침내 우리가 우산을 사용해서 호텔을 설명하려 했을 때 체구가 작은 노인이 앞으로 나와 우리의 눈을 끌었다. 불가피한 질문에 그 노인은 손을 가슴에 얹고 깊이 고개를 숙이는 것으로 대답했다. 우리는 세 번 연거푸 물었지만 그는 똑같은 태도로 계속 답했다. 우리가 요구하는 자질이 그의 한 몸에 다 결합되어 있는 듯이. 사람들은 그 노인을 저녁 식사와 침대의 대변자로 받아들이라고 모두 동의하는 것 같았다. 마지막으로 우리가 "여관"을 뜻하는 스페인어를 몇 번 입에 올리자 모두들 그 노인 쪽으로 손을 내뻗는 것으로 대답했다. 그 문제를 해결하기 위해 그는 우리의 팔을 움켜잡고 역사를 벗어나 모래사막 언저리로 데려갔다. 갈대가 무더기로 자라고 큰 달이 비추고 있었다. 한쪽에 가파른 언덕이 있고 그 꼭대기에 무어 양식의 성이 있는데 조금 떨어진 곳에 외따로 오두막이 있었다. 분명 둘 중에 선택할 터였는데 어느 쪽도 바로 우리가 기대했던 것은 아니었다. 우리는 노인을 쳐다보았고, 그가 늙었고 체구가 작다는 것을 확인하며 안도감을 느끼지 않을 수 없었다. 어떻든 한 가지 의혹은 곧 풀렸다. 우리는 그 하얀 오두막에서 묵을 테고 그라나다의 호텔 주인에게 예술가의 상상력이 있음이 분명했기 때문이다. 우리가 안내를 받아 들어간 방에는 램프 불이 타올랐고 남자와 여자 몇 명이 불가에 둘러앉아 술을 마시며 얘기를 나누고 있었다. 얘기가 중단되고 몇몇 눈들이 한가롭게 우리를 뜯어보았다. 우리는 대기실에 들어갔는데, 그 오두막에 붙은 '호텔'이라는 단어는 그 방에 경의를 표했던 것이다. 침대 하나가 달랑 놓여 있고 문 대신에 캔버스 천 칸막이가 달려 있다. 세수를 한다는 그 점잖은 익살을 부릴 요량이면 씻을 물이 있었고, 불빛을 원할 경우에 대비해 양초 하나가 있었다. 음식은 기차역에서 구해야 함이 분명했다. 다시 밖으로 나가 신선한 공기를 마시고 싶다는 마음이 간절했다. 스페인 사막과 무어 양식의 성, 그리고 프랑스어를 말할 줄은 알지만 그 언어의 이해가 필수라고 생각하지 않은 신사와 대화를 나누다가 지쳐서 11시쯤 여관으로 돌아와서는 고단하게 밤을 지새워야겠다고 예상했다. 응접실에 앉아 있던 일행은 밤늦게까지 큰 소리로 얘기를 나누었다. 열띤 스페인어가 간간이 캔버스 칸막이를 뚫고 들어왔는데 왠지 우리와 관련된 말 같았다. 이런 상황에서 스페인어는 사납고 살기등등한 언어로 들린다. 끝없이 고개 숙여 절하고 손을 가슴에 올려놓던 그 자그마한 노인은 자정이 되자 아주 음험한 모습으로 기억되었다. 그의 불길한 침묵과 우리 짐을 들고 가겠다던 집요한 고집이 생각났다. 정직한 양심을 가진 시골 사람들은 이보다 이른 시간에 잠자리에 들 것 같았다. 우리가 취할 수 있는 방지책은 하나뿐인 의자를 뒤로 돌려 문에 기대 두는 것뿐이었다. 그것이 신기하게도 우리 마음을 진정해 주었음에 틀림없다. 예상되는 살인적 공격에 그런 식으로 요새를 쌓아 방어하자 옷을 입은 채 잠에 빠져들 수 있었고 '여관'의 스페인어를 찾아낸 꿈을 꾸었던 것이다.

새벽 4시 반에 결국 우리를 깨운 소리는 분명 문을 공격하는 소리였다. 그러나 조심스럽게 내다보았을 때 적대적인 사람이라고는 염소 젖 사발을 든 농부의 아내뿐이었다.

웃음의 가치

희극은 인간의 결점을 표현하고 비극은 인간을 실제보다 위대하게 그린다는 오랜 관념이 있다. 인간을 진실하게 그려 내려면 그 둘의 중간을 취해야 할 것 같다. 그러면 희극이 되기에는 진지하고 비극이 되기에는 불완전한 인간을 그려 내게 되는데 이것을 우리는 해학이라 부를 수 있다. 해학은 여자들에게 허용되지 않는다고 이야기되어 왔다. 여자들은 비극적이거나 희극적일 뿐이고, 해학가를 만드는 특정한 자질의 혼합은 남자들에게서만 찾을 수 있다는 의견이다. 하지만 실험이란 위험한 것이라서, 해학가의 관점에 도달하려 애쓰며 자기 누이에게는 허용되지 않는 그 뾰족탑에서 균형을 잡으며 묘기를 부리는 남성은 수치스럽게도 번번이 다른 쪽으로 넘어지고, 저속한 익살로 곤두박질치거나 진지하고 상투적인 문구의 딱딱한 지반에 떨어진다. 그를 제대로 평가하자면, 그 지반에서 그는 온전히 편안하게 느낀다. 비극은 인생을 이루는 중요한 부분이지만 오늘날에는 셰익스피어 시대만큼 흔치 않다. 그러므로 현대는 단도와 유혈 사태를 집어치우고 높은 중절모와 긴 프록코트를 걸칠 때 가장 돋보이는 점잖은 대체물을 제공해야 한다. 이것은 진지한 체하는 정신이라 부를 수 있다. 만일 정신에도 성이 있다면, 그것이 남성적이라는 것은 의심할 바 없다. 그런데 희극은 미의 여신 그레이스와 예술의 여신 뮤즈와 같은 성이다. 이 진지한 신사가 다가와서 인사하면 그녀는 쳐다보고 웃는다. 그러고는 다시 쳐다보다가 참을 수 없는 웃음이 터져 나오면 달아나서 자매들의 가슴속에 흥겨움을 숨긴다. 그러므로 해학이 세상에 나오는 일은 극히 드물고, 희극은 그것을 얻기 위해 고투한다. 어린애들과 어리석은 여자들의 입술에서 터져 나오는 순수한 웃음은 오명을 갖고 있다. 지식이나 진정한 감정에 의해 고무되지 않은 어리석음과 경박함의 목소리로 여겨진다. 그런 웃음은 메시지를 전하지도, 정보를 전달하지도 않는다. 개 짖는 소리나 양의 울음처럼 불명확한 소리다. 그것은 자기 의사를 표현할 언어를 스스로 만든 인간의 품위를 떨어뜨린다.

그러나 말을 능가하면 능가했지 말보다 못하지 않은 것이 있는데, 웃음은 그중 하나다. 웃음은 말소리가 아니지만 어떤 동물도 낼 수 없는 소리이기 때문이다. 벽난로 앞 깔개에 누운 개가 통증으로 신음하거나 기뻐서 짖는다면 우리는 그 의미를 알아차린다. 그런 소리는 이상할 것이 없다. 그런데 만일 개가 웃는다면? 당신이 방에 들어섰을 때 개가 당신을 보고 당연히 기뻐하며 꼬리를 흔들거나 혀를 내밀지 않고 큰 소리로 웃음을 터뜨리거나 활짝 웃고 혹은 배를 잡고 웃으며 극도의 즐거움을 드러내는 일반적인 징후를 보였다고 생각해 보자. 그러면 여러분은 짐승의 입에서 인간의 목소리가 나온 듯이 겁이 나고 공포를 느낄 것이다. 또한 우리보다 높은 존재가 웃음을 터뜨리는 것도 상상할 수 없다. 웃음이란 본질적으로, 오로지 인간에게서만 가능한 듯하다. 웃음은 우리 내면의 희극 정신의 표현이고, 희극 정신은 괴벽이나 기이한 행동, 공인된 행동 패턴으로부터의 일탈에 관련된다. 희극 정신은 무엇 때문인지, 언제인지 모르게 갑자기 즉흥적으로 터져 나오는 웃음으로 그 나름의 논평을 한다. 그 정신이 표출하는 감정을 찬찬히 생각하고 분석해 보면, 겉으로는 희극적인 것이 근본적으로는 비극적이고 입술에 미소가 감도는 동안 눈가에는 눈물이 고여 있음을 틀림없이 알게 된다. 이것이 (버니언이 쓴 말인데) 해학의 정의로 받아들여져 왔다. 그러나 희극의 웃음은 눈물의 짐을 지지 않는다. 동시에 진정한 해학의 기능과 비교할 때 웃음의 기능이 비교적 미미하기는 하지만, 인생과 예술에서 웃음의 가치는 과대평가될 수 없다. 해학은 고지(高地)에 존재한다. 극히 희귀한 마음만이 삶 전체를 파노라마처럼 볼 수 있는 그 정상에 오를 수 있다. 그러나 희극은 큰길을 걸으면서 사소하고 우연한 사건, 행인들의 가벼운 결점과 기벽을 그 반짝이는 작은 거울로 비춘다. 무엇보다도 웃음은 우리의 균형감을 유지해 준다. 웃음은 우리가 다만 인간이라는 것을, 어떤 인간도 순전히 영웅이거나 완전히 악인은 아니라고 끊임없이 상기시켜 준다. 웃음을 잊으면 당장 우리는 사물을 균형 있게 보지 못하고 현실감을 잃는다. 다행히 개들은 웃지 못한다. 만일 웃을 수 있다면 개로서의 끔찍한 한계를 인식할 것이다. 인간은 문명의 발달 단계에서 자기 결함을 인지하는 능력을 얻고 그 결함을 비웃을 수 있는 재능이 부여된 높은 수준에 이르렀다. 그러나 우리는 불완전하고 장황한 대량의 지식 때문에 이 귀중한 특권을 잃거나 쭈그러뜨려 가슴 밖으로 던져 버릴 위험이 있다.

어떤 사람을 비웃을 수 있으려면 먼저 그 사람을 있는 그대로 볼 수 있어야 한다. 그가 걸친 부, 지위, 학식의 외투는 겉에 축적된 것이므로 속살까지 파고드는 희극 정신의 예리한 칼날을 무디게 해서는 안 된다. 어른보다도 아이들은 사람을 있는 그대로 파악하는 한층 확실한 능력이 있다는 것은 상식이다. 그리고 여자들이 인물의 성격에 대해 내리는 판단은 심판의 날에 철회되지 않으리라고 나는 믿는다. 그렇다면 여자들과 아이들은 희극 정신의 최고 대행자들이다. 그들의 눈은 학식으로 침침해지지 않았고, 그들의 두뇌는 책의 이론에 질식되지 않아서, 인간과 사물이 아직 원래의 선명한 윤곽을 간직하고 있기 때문이다. 현대 생활을 뒤덮은 온갖 흉측한 이상 생성물, 화려한 행렬과 관례, 음울하고 장엄한 의식은 갑자기 터져 나온 웃음을 무엇보다도 두려워한다. 웃음은 번개처럼 그것들을 말려버리고 뼈를 드러낸다. 아이들의 웃음이 이런 속성을 갖고 있기 때문에, 가식과 실재하지 않는 허구를 의식하는 어른들은 아이를 두려워한다. 이런 이유 때문에 학자들은 여자를 못마땅하게 여길지 모른다. 여자들이 웃음을 터뜨릴 수 있기에 위험한 것이다. 한스 안데르센의 동화에서 어른들이 존재하지 않는 찬란한 옷을 찬양하는 반면 왕이 벌거벗었다고 말한 아이처럼. 삶에서 그렇듯이 예술에서도 균형의 결핍이 최악의 실수를 빚어내는데, 삶과 예술 모두 지나치게 진지해지려는 경향이 있다. 위대한 작가들은 미사여구로 꽃피우며 유창하게 고상한 미문을 내놓고, 그보다 못한 작가들은 형용사를 잔뜩 덧붙이고 감상주의에 탐닉한다. 더 저급한 작가들은 감상주의로 선정적 전단과 멜로드라마를 만든다. 우리는 결혼식과 축제보다 장례식과 병상을 더 기꺼이 찾는다. 눈물에 미덕이 있고 검은색 옷이 가장 잘 어울린다는 믿음을 우리 마음에서 떨쳐내지 못한다. 실은 웃음만큼 어려운 것도 없고, 그보다 더 귀한 재능도 없다. 웃음은 우리의 행동과 말, 글에서 가지를 쳐내고 손질하여 균형 잡히고 완전무결하게 가꿔 주는 칼이다.

한밤의 산책

　　세인트아이브스 서쪽 해안의 트레베일이라는 습곡으로 소풍을 나갔을 때, 일행이 집으로 돌아오기 시작한 지 얼마 지나지 않아 가을의 황혼이 깃들었다. 짙은 어스름에 잠긴 그 풍경은 실로 말없이 한결같은 관심을 기울일 만했다. 저기 바다로 뻗어나간 장엄하게 이어진 거대한 절벽들은 마치 태곳적 명령을 아직 한 번 더 따라야 한다는 듯이 고귀한 목적을 의식하는 듯한 자세로 밤과 대서양의 물결을 마주하고 있었다. 이따금 등대가 멀리서 안개 사이로 번쩍이는 금빛 길을 내고 거친 바위 형체를 갑자기 환기해 주었다. 아직 걸어가야 할 10여 킬로미터를 고려할 때 그 풍경을 보면 밤늦은 시간임을 실감할 수 있었다. 더욱이 주위 지대가 아주 흐릿하게 보여서 길을 벗어나지 않는 것이 신중한 처사 같았다. 삼십 분이 지나자 저 아래의 흰 수면도 안개처럼 일렁였고, 우리는 발밑 땅을 의심하듯이 자신 없게 발을 내딛었다. 몇 미터 떨어진 곳에서 멀어지던 어떤 형체가 잠시 흔들리다가 한밤중의 검은 물결에 덮인 듯 어둠에 에워싸였고 그의 목소리는 깊은 심연을 가로질러 닿은 듯했다. 우리는 가까이 붙어서 걸었고 쾌활한 논쟁으로 어둠에 저항하려 했다. 그렇지만 우리의 목소리가 서로에게 기이하게 들렸고 아주 설득력 있는 논리도 권위 있게 들리지 않았던 게 분명하다. 모르는 사이에 우리는 어둠침침하고 우울한 장소에 어울리는 화제에 빠져들었다.

번번이 말이 끊어지는 가운데 옆에서 걷는 사람의 형체가 어둠에 녹아드는 것 같았다. 그래서 사방을 에워싼 어둠의 압력을 의식하면서, 또한 그 압력에 대한 저항이 점점 약해지는 것을 의식하면서, 땅 위에서 앞으로 나아가는 몸은 넋 나간 듯이 멀리 떠도는 마음과 분리되었음을 의식하면서, 홀로 터벅터벅 걸음을 옮겼다. 길도 뒷전으로 물러났고, 우리는 길도 없이 광활하게 펼쳐진 어둠의 바다를 습격(명확한 행동을 암시하는 이 단어를 대낮에 걸었던 들판을 지금 가로지르는 우리의 노정처럼 불명확한 데 쓸 수 있다면)했다. 땅이 실로 사라져 버리지 않았음을 확인하기 위해 때로 발로 땅을 두드려 보는 것이 바람직했다. 눈도 귀도 완전히 막혀 버렸고, 아니, 감지할 수 없는 무언가에 억눌려 서서히 마비되었으므로, 저 아래 유령처럼 나타난 불빛 몇 개를 알아보기 위해서도 일부러 애써야 했다. 우리가 대낮처럼 실제로 볼 수 있는 걸까? 아니면 저것은 한 방 얻어맞을 때 눈앞에서 반짝이며 흩어지는 별들처럼 뇌에서 일어나는 환상일까? 저 아래 골짜기를 덮은 부드럽고 깊은 어둠 속에 불빛이 걸려 묶인 곳 없이 떠돌았다. 그 불빛이 진짜임을 눈이 확인하자 그 즉시 두뇌가 깨어나서는 그 불빛이 위치한 세상의 약도를 만들어 냈다. 우리가 기억하는 대로, 저기에 언덕이, 그 아래 마을이 있어야 하고, 구불구불 난 길이 마을을 감싸야 한다. 열두 개 불빛만 있으면 세상이 상당히 견고해질 수 있다. 눈에 보이는 것이 나타났기에 우리의 순례에서 가장 기이한 부분이 끝났다. 우리 앞에 확실한 증거가 있는 것이다. 더욱이 이제 길에 들어섰음을 알게 되었기에 거리낌 없이 발을 내디뎠다. 여기 아래쪽에는 사람들도 있었다. 비록 대낮에 본 사람들처럼 보이지는 않았지만. 갑자기 바로 옆쪽에서 불이 타올랐다. 우리에게 다가오는 불빛을 보았을 때 드르륵 바퀴 소리가 들리더니 수레에 탄 한 남자가 눈앞에서 환히 빛났다. 금세 그의 불빛이 꺼지고 그의 바퀴도 잠잠해졌다. 우리가 뭐라 말해도 그에게 닿지 않았을 것이다. 또다시 우리 눈앞에서 장면들이 재빨리 지나고 물러난 듯이 우리는 농가의 앞마당에 들어섰다. 그곳에 걸린 등불이 웅크리고 있는 소떼에 흔들리는 둥근 빛을 보내고 어둠에 잠긴 우리 몸의 일부를 드러내기도 했다. 우리에게 밤 인사를 건넨 농부의 목소리가 마치 우리 손을 움켜쥔 억센 손처럼 우리를 세상의 기슭으로 불러들였지만 두 걸음을 내딛자 다시 거대한 어둠의 물결과 침묵이 우리를 뒤덮었다. 그런데 또다시 빛이 우리 옆에 다가왔다. 바다를 지나는 배의 불빛처럼 소리 없이 접근한 듯했다. 우리가 언덕 꼭대기에서 보았던 등불이었다. 마을은 고요했지만 잠들지 않았고, 눈을 크게 뜨고 누워서 말없이 어둠과 대립하는 듯했다. 우리는 집의 담장에 기댄 형체들을 알아볼 수 있었다. 분명 남자들이었는데, 창문을 짓누르는 어둠의 무게에 잠을 이루지 못해 밖으로 나와 어둠 속에 팔을 내뻗어야 했으리라. 그들 주위에서 넘실거리는 헤아릴 수 없는 암흑의 파도에 비해 등불에서 새어나온 광선은 얼마나 미약한지! 바다에 떠 있는 배도 외롭지만, 황량한 땅에 정박하여 밤마다 홀로 심원한 암흑의 물결에 노출된 이 작은 마을은 훨씬 외롭게 보였다.

하지만 일단 낯선 영역에 익숙해지면 그 안에 큰 평화와 아름다움이 있다. 이제 실체적 사물의 환영과 정령만이 떠다니는 것 같았다. 언덕이 있던 곳에 구름이 떠 있고 집들은 불꽃이었다. 눈은 실체의 거친 윤곽에 부딪히지 않고 깊은 어둠에 잠겨 생기를 되찾을 것이다. 땅은 수많은 세세한 것들과 함께 모호한 공간으로 녹아들었다. 그렇게 생기를 얻어 민감해진 사람들에게 집의 담장은 너무 좁고 등불의 섬광은 지나치게 맹렬하다. 우리는 최근에 날개를 다쳐 붙잡힌 뒤 새장에 갇힌 새 같았다.

서재에서의 시간

우선 학식을 사랑하는 사람과 독서를 사랑하는 사람을 혼동하는 오랜 착각을 정리하고 그 둘은 전혀 관련이 없다는 점을 지적하기로 하자. 학식 있는 사람은 주로 앉아서 홀로 집중하는 열성가이고, 책을 통해 자신이 갈망하는 특정한 진실의 알갱이를 발견하고자 한다. 만일 그가 독서에 대한 열정에 압도된다면, 그가 거둘 수확은 줄어들고 손가락 사이로 빠져나갈 것이다. 반면에 독서가는 처음부터 학식에 대한 열망을 억제해야 한다. 지식이 어쩔 수 없이 달라붙더라도, 지식을 추구하고 체계적으로 독서하며 전문가나 권위자가 되려 한다면 사심 없는 순수한 독서에 대한 인간적 열정이라고 여겨도 좋은 것이 파괴되기 십상이다.

그럼에도 우리는 책벌레를 묘사하고 그를 조롱함으로써 미소를 떠올리게 하는 그림을 쉽게 떠올릴 수 있다. 실내복 차림의 창백하고 수척한 사람이 떠오른다. 사색에 빠져 있고, 벽난로 시렁에서 주전자를 들어 올릴 힘도 없고, 얼굴을 붉히지 않고는 여자에게 말을 걸지 못하고, 매일의 뉴스를 모르고, 그러면서도 중고 서적상의 도서 목록에는 정통하며 어둠침침한 서점에서 햇빛이 찬란한 시간을 보낸다. 물론 괴팍하고 단순하다는 면에서 재미있는 인물이기는 하지만, 우리가 관심을 기울일 다른 유형과는 조금도 닮지 않았다. 참된 독서가는 본질적으로 젊기 때문이다. 그는 호기심이 강하고, 아이디어가 풍부하며, 열린 마음으로 이야기하기를 좋아한다. 그에게 독서는 세상을 등지고 연구하는 것이라기보다는 활기찬 야외 산책에 가깝다. 그는 대로에서 터벅터벅 걷고, 공기가 너무 희박해서 숨 쉬기 힘들 때까지 점점 더 높이 언덕을 오른다. 그에게 독서는 앉아서 하는 일이 아니다.

그러나 일반적인 진술은 별도로 하고, 독서의 적기가 열여덟 살에서 스물네 살 사이라는 것은 사실을 수집하여 어렵지 않게 입증할 수 있다. 그 시절에 읽는 책의 기본적인 목록만 봐도 나이 든 사람들의 가슴은 절망에 휩싸인다. 아주 많은 책을 읽을 뿐 아니라 읽어야 할 책도 아주 많았던 거다. 기억을 되살리고 싶으면, 우리 모두 한때 열성적으로 쓰기 시작했던 옛 노트를 꺼내 보자. 물론 대다수 페이지는 공백이다. 하지만 처음 몇 장은 꽤 또렷한 글씨체로 아름답게 덮여 있을 것이다. 여기에 우리는 위대한 작가들의 이름을 위대한 순서에 따라 적어 놓았다. 고전의 멋진 문장을 베껴 쓰기도 했고, 읽어야 할 책의 목록을 적기도 했다. 가장 흥미로운 것은 실제로 읽은 책의 목록인데, 젊은이의 허영심으로 붉은색 잉크로 줄을 그어 표시한 것이다. 스무 살의 누군가가 지난 1월에 읽은 책의 목록을 인용해 보자. 대부분은 처음 읽는 책일 터다.

1. 『로다 플레밍』[2]

2. 『샤그팻의 수염 밀기』[3]

3. 『톰 존스』[4]

4. 『냉담자』[5]

5. 듀이의 『심리학』

6. 「용기」

7. 윌리엄 웹의 『시론』

8. 『말피의 공작부인』[6]

9. 『복수자의 비극』[7]

이렇게 한 달 한 달 나아가다가 결국은 이런 목록이 언제나 그렇듯이 6월에 갑자기 중단된다. 그러나 그 독서가의 여러 달을 따라가 보면, 그는 실제로 독서 말고는 아무것도 할 수 없었음이 분명하다. 엘리자베스 시대의 문학은 어느 정도 철저하게 살펴보았다. 웹스터와 브라우닝, 셸리, 스펜서, 콩그리브를 많이 읽었다. 피콕을 처음부터 끝까지 읽었고, 제인 오스틴의 소설은 대부분 두세 번 되풀이해서 읽었다. 메러디스와 입센은 전부 다 읽었고, 버나드 쇼는 조금 읽었다. 또한 그가 독서를 하고 있지 않을 때는 대담한 논쟁을 벌였음이 거의

---

2   1865년 조지 메러디스의 소설

3   1856년 조지 메러디스의 소설

4   1749년 헨리 필딩의 소설

5   1880~1881년 토머스 하디의 소설

6   1614년 존 웹스터의 비극

7   1607년작. 예전에는 시릴 터너의 작품으로 여겨졌으나 지금은 대개 토머스 미들턴의 작품으로 인정된다.

확실하다. 그리스인과 현대인을 견주고, 공상소설과 사실주의를 견주고, 라신과 셰익스피어를 견주면서 희미한 빛이 스며드는 새벽까지 논쟁했으리라.

거기 적힌 옛 목록을 보면 웃음도 나오고 한숨도 쉬게 된다. 하지만 많은 것을 주고서라도 이처럼 미친 듯이 책을 읽던 시절의 감정을 되돌리고 싶기도 할 것이다. 다행히 이 독서가는 천재가 아니었다. 조금만 생각해 보면 우리들 대부분은 적어도 독서에 발을 들여놓게 된 단계들을 떠올릴 수 있다. 어린 시절에 접근 불가라고 여겨진 서가에서 훔쳐 와 읽은 책들은 온 집안이 잠들어 있을 때 고요한 들판에 밀려드는 새벽의 풍경을 몰래 엿볼 때처럼 비현실적이고 으스스한 느낌을 일으켰다. 커튼 사이로 살짝 내다보면 안개 속에 흐릿한 나무들의 낯선 형체가 보이는데, 알아보지 못해도 우리는 이를 평생 기억할지 모른다. 아이들은 앞으로 다가올 것을 신기하게도 예감하기 때문이다. 그 후의 독서는 위의 독서 목록이 예시하듯이 전혀 다르다. 처음으로 온갖 제약이 사라져서 우리는 원하는 것을 읽을 수 있다. 서재를 마음대로 들락거릴 수 있고, 무엇보다도 친구들도 같은 처지에 있다. 우리는 며칠이고 계속해서 책만 읽는다. 날아갈 듯이 흥미진진하고 기쁜 시간이다. 우리는 영웅들을 찾아내는 데 돌진한다. 우리가 실로 이런 일을 하고 있다는 경이감이 마음속에 차오르고, 그 경이감에는 이 세상에 살아온 가장 위대한 인간들에 정통함을 과시하려는 터무니없는 교만과 욕망이 섞여 있다. 지식에 대한 열정이 가장 예리하고, 적어도 가장 대담한 때다. 우리는 또한 강렬하고 일치된 마음을 갖는데, 위대한 작가들이 인생의 선(善)을 평가하는 데 있어서 우리와 일치한다는 것을 발견하면 우리의 마음은 기쁨으로 차오른다. 그리고 토머스 브라운 경 대신에 가령 포프를 영웅으로 선택한 사람에 맞서서 우리 입장을 고수할 필요가 있으므로, 위인들에 대한 깊은 애정을 품고 다른 사람들이 아는 대로가 아니라 단독적으로 은밀히 그들을 안다고 느낀다. 우리는 그들의 지도를 받으며, 거의 그들의 관점에서 싸운다. 그래서 우리는 오래된 중고서점을 배회하고 이절판이나 사절판 책, 나무판에 든 에우리피데스, 여든아홉 권의 팔절판 볼테르 전집을 집에 끌어들인다.

그런데 이 목록에는 동시대 작가들이 거의 포함되지 않았다는 점이 희한하다. 메러디스와 하디, 헨리 제임스는 이 독서가 그들을 읽었을 때 물론 생존해 있었지만 이미 고전의 반열에 든 작가들이었다. 칼라일이나 테니슨, 혹은 러스킨이 당대 젊은이에게 영향을 주었듯이 그에게 영향을 미친 작가가 그의 세대에는 존재하지 않는다. 그런데 위인으로 인정되는 사람이 없다면 그보다 못한 사람들과는 관계하지 않으려는 것이 젊은이의 특성이라 믿는다. 비록 그들이 그가 살고 있는 세계를 다루더라도 말이다. 그는 차라리 고전으로 돌아가서 오로지 가장 탁월한 마음들과 어울릴 것이다. 한동안 그는 사람들의 온갖 활동에 거리를 두고 그들을 멀리서 바라보며 더없이 엄격하게 그들을 판단한다.

실로 젊음의 상실을 알려 주는 징후의 하나는 우리가 다른 사람들 사이에 자리 잡고 그들과의 유대감을 느끼게 된다는 것이다. 우리는 예전처럼 높은 수준을 유지한다고 생각하고 싶어 한다. 그렇지만 분명 동시대인들의 글에 더 관심을 느끼고, 그들에게 영감이 부족하더라도 우리에게 더 가깝게 다가오는 것 때문에 용서한다. 현존 작가들이 훨씬 열등하더라도 죽은 자들보다는 그들에게서 실제로 더 많은 것을 얻는다고 주장할 수도 있다. 우선 동시대인의 글을 읽을 때는 은밀한 허영심이 개입될 수 없고, 그들이 경탄을 자아낸다면 그것은 대단히 열렬하고 진심에서 우러난 것일 수밖에 없다. 마지못해 동시대인들에 대한 신뢰를 가지려면 우리의 자랑거리인 매우 훌륭한 편견 몇 가지를 종종 희생해야 하기 때문이다. 또한 우리는 좋아하는 책과 싫어하는 책에 대한 우리 나름의 이유를 찾아야 한다. 그것은 우리의 주의력을 촉발하는 자극제로 작용하고, 우리가 판단력에 바탕하여 고전을 읽었음을 입증하는 가장 좋은 방법이 된다.

그리하여 낱장들이 거의 붙어 있고 책등의 금박이 아직 선명한 새 책들이 꽉 들어찬 큰 서점에 들어서면 중고서점에서 느꼈던 예전의 흥분 못지않은 즐거운 흥분을 느낀다. 어쩌면 그때처럼 의기양양한 기분은 아닐 것이다. 그러나 불멸의 위인들의 생각을 알고 싶은 옛 갈망은 우리 세대의 생각을 알려는 한결 너그러운 호기심으로 바뀌었다. 현재 살아 있는 남자들과 여자들은 무엇을 느끼는지, 그들의 집은 어떻게 생겼고 어떤 옷을 입는지, 돈은 얼마나 갖고 있고 어떤 음식을 먹는지, 무엇을 좋아하고 싫어하는지, 주위 세계에서 무엇을 보는지, 활동적인 생활 공간을 어떤 꿈으로 채우는지? 그들에게서 우리 시대의 마음과 몸 둘 다를 우리의 안목이 허용하는 한 최대한으로 볼 수 있다.

우리가 그런 호기심에 완전히 사로잡혔을 때, 어쩔 수 없이 읽어야 하는 일이 없다면 오래지 않아 고전에 먼지가 두텁게 쌓일 것이다. 결국 우리는 살아 있는 목소리를 가장 잘 이해할 수 있기 때문이다. 우리는 동료를 대하듯 그 목소리를 대할 수 있다. 살아 있는 목소리는 우리의 수수께끼를 알아맞힌다. 더욱 중요한 것은 우리가 그것의 농담을 이해한다는 점이다. 오래지 않아 우리는 위인들에게서 충족될 수 없는 다른 취향을 갖게 된다. 유익하지 않더라도 분명 매우 즐거운 취향, 즉 나쁜 책에 대한 기호다. 경솔하게 이름을 대지 않더라도 우리는 어떤 작가들이 이루 말할 수 없는 재미를 제공하는 소설이나 시집, 수필집을 매년 (다행히도 그들은 왕성하게 글을 쓰므로) 발표하는지 알고 있다. 우리는 나쁜 책들에서 얻는 바가 많다. 사실 우리는 그런 책들의 작가와 주인공을 우리의 고요한 삶에서 중요한 역할을 하는 인물들 속에 끼워 넣게 되었다. 우리 시대에 거의 새로운 문학 장르를 창조한 회고록과 자서전 저자들도 그런 인물에 들어간다. 그들 모두가 중요한 인물은 아니고, 아주 희한하게도 가장 중요한 인사들, 공작이나 정치가들이야말로 정말로 지루한 사람들이다. 이 회고록 작가들은 어쩌면 웰링턴 공작을 한 번 본 적이 있다는 것 외에는 다른 구실 없이 자신들의 의견이나 말다툼, 열망과 질병을 우리에게 털어놓기 시작하고 결국에는 대체로, 적어도 얼마간은 개인적 드라마의 배우가 된다. 이런 드라마를 통해서 우리는 혼자 산책하거나 잠 못 이루는 시간의 무료함을 달랜다. 이 모든 것을 우리의 의식에서 제거한다면, 우리는 실로 빈곤해지고 말 것이다. 또한 책들 중에는 사실과 역사를 다루거나, 꿀벌과 말벌, 산업과 금광, 여황제, 외교적 음모에 관한 책, 강과 야만인, 노동조합, 의회령에 관한 것도 있다. 우리는 늘 이런 책을 읽고, 늘 안타깝게도 잊어버린다. 서점이 문학과는 전혀 관련이 없는 수많은 욕망을 충족시킨다고 우리가 인정해야 할 때 그것이 서점을 옹호하는 훌륭한 주장은 아닐 것이다.

그러나 형성되는 있는 문학이 여기 있음을 기억하도록 하자. 우리 아이들은 이 새로운 책들 중에서 한두 권을 고를 것이고, 우리는 그 책들에 의해 영원히 알려질 것이다. 셰익스피어 시대의 관중이 이제 말이 없고 우리에게는 그의 시집에서만 살아 있듯이, 우리가 누워 침묵할 때 여기 놓인 (우리가 알아볼 수만 있다면) 어떤 시나 소설, 역사서가 일어나 다른 시대들과 함께 우리 시대에 관해 말할 것이다.

이것이 진실이라고 우리는 믿는다. 하지만 새로운 책들의 경우에 어떤 책이 진정한 것인지, 그 책들이 우리에게 말하려는 바가 무엇인지, 어느 책이 일이 년 뒹굴거리다가 낱낱이 찢어질 종이로 채워져 있는지를 알기는 이상하게도 어렵다. 우리는 많은 책들이 있음을 볼 수 있고, 요즘은 누구나 글을 쓸 수 있다는 말도 종종 들려온다. 사실일 것이다. 하지만 이 어마어마한 다변, 이 언어의 홍수와 거품, 이 수다스러움과 천박함과 진부함의 한가운데에 큰 열정의 열기가 존재한다. 그것이 한 시대에서 다른 시대로 이어질 형태를 낳으려면 남들보다 적절한 재능을 가진 두뇌만 있으면 된다고 우리는 생각한다. 이 혼란을 지켜보고, 우리 시대의 사상 및 비전과 싸우고, 우리가 사용할 수 있는 것을 움켜잡고, 무가치하게 보이는 것을 없애고, 무엇보다도 내면의 관념에 가급적 최고의 형태를 부여하는 사람들에게 너그러워야 함을 깨닫는 것이 우리에게 기쁨일 터다. 어느 시대의 문학도 우리 시대처럼 권위에 순종하지 않고, 위인들의 지배에서 벗어난 적이 없었다. 어떤 시대도 이처럼 존경의 능력을 제멋대로 탕진하고 이처럼 변덕스러운 실험을 벌인 적이 없는 듯하다. 주의 깊은 관찰자의 눈에도, 우리 시대의 시인과 소설가의 작품에 어떤 유파나 목표의 흔적이 없는 듯 보일 것이다. 비관주의자는 반드시 존재하기 마련이지만 그는 우리 시대의 문학이 죽었다고 우리를 설득하지 못할 것이다. 또한 젊은 작가들이 자신의 새로운 비전을 형성하기 위해서 살아 있는 가장 아름다운 언어들의 오래된 단어들을 결합할 때 얼마나 진실하고 생생한 아름다움이 번쩍이는지를 우리가 느끼지 못하게 막을 수 없을 것이다. 지금 동시대인의 작품을 판단하려면 우리가 고전을 읽으며 배웠던 그 무엇이든 필요하다. 내면에 생명이 있을 때는 언제든 그들은 새로운 형태를 사로잡기 위해서 미지의 심연에 그물을 던질 테고, 그들이 가져다주는 기이한 선물을 이해하며 받아들이려면 우리는 그들을 따라서 우리의 상상력을 투사해야 하기 때문이다.

새로운 작가들이 시도하는 바를 이해하기 위해 옛 작가들에 대한 지식이 필요하다면, 우리가 새로운 책들을 탐사하다가 돌아올 때 옛 책을 보는 눈이 더 예리해진다는 것도 분명 사실이다. 새로운 책이 만들어지는 과정을 지켜보았고, 새로운 작가들이 무엇을 하고 있는지, 무엇이 좋고 무엇이 나쁜지를 편견 없는 눈으로 더 엄밀히 판단할 수 있기 때문에, 이제 옛 작가들의 비밀을 뜻밖에 찾아내고 그들의 작품을 더 깊이 들여다보고 여러 부분의 결합을 알아차릴 수 있는 것 같다. 어떤 위인은 예전에 생각했던 만큼 존경스럽지 않다고 느끼게 될 수 있다. 사실 그들은 우리 시대의 어떤 작가들만큼 출중하거나 심오하지 않다. 한두 작가의 경우에는 실로 그러하지만, 다른 경우에는 즐거움과 뒤섞인 수치심에 압도된다. 셰익스피어나 밀턴, 혹은 토머스 브라운을 예로 들어 보자. 글을 쓰는 방법에 대한 우리의 보잘것없는 지식이 이 작가들의 경우에 그리 소용이 되지 않지만 우리가 느끼는 즐거움에 묘미를 더해 준다. 우리가 새로운 감각에 맞는 새로운 형식을 찾느라 수많은 단어들을 면밀히 살피고 지도에 없는 길을 따라온 지금 그들의 업적을 다시 보고 가슴에 차오르는 놀라운 경이감을 젊은 시절에도 느낀 적이 있었던가? 새로운 책은 옛 책보다 자극적이고 어떤 면에서 암시적이다. 하지만 『코머스』(존 밀턴의 가면극, 1634)나 「리시다스」(존 밀턴의 시, 1637), 「호장론」(토머스 브라운 경의 수필, 1658) 혹은 『안토니우스와 클레오파트라』(셰익스피어의 희곡, 1606~1607)를 되찾아 읽을 때 가슴에 넘쳐흐르는 완벽하고 틀림없는 기쁨을 주지 못한다. 예술의 본질에 대한 이론을 과감히 제기하려는 것은 결코 아니다. 우리는 예술에 대해 본능적으로 아는 것 이상은 절대 알지 못할 수 있다. 예술을 오래 경험하면서 우리가 배우는 것은 오로지 모든 기쁨 가운데 위대한 예술가들에게서 얻는 기쁨이 이론의 여지 없이 최고에 속한다는 사실이다. 그 이상은 알 수 없다. 그러나 어떤 이론도 펼치지 않아도, 우리는 우리 생애에 출간된 책에서는 거의 기대할 수 없는 한두 가지 속성을 그들의 작품에서 찾아낼 것이다. 시대는 그 나름의 연금술을 갖고 있을지 모른다. 그러나 이것은 사실이다. 즉 여러분이 아무리 자주 읽더라도 그들이 어떤 미덕도 포기했고 무의미한 말의 껍질을 남겼다고 여기게 되지는 않으리라는 것이다. 완벽한 종결이 그들을 감싸고 있다. 연상의 구름이 그들 위에 떠돌며 수많은 무관한 개념으로 우리에게 지분거리지도 않는다. 그러나 중요한 경험을 하는 순간처럼 그 일에는 우리의 모든 능력이 동참해야 한다. 그러면 그들의 손이 우리에게 축성을 내리고, 우리는 이를 가져와서 삶을 전보다 예리하게 느끼고 깊이 이해하게 된다.

질병에 관하여

질병은 얼마나 흔한 것인지, 병이 일으키는 정신적 변화는 얼마나 엄청난지, 건강의 빛이 스러질 때 드러나는 미지의 영역은 얼마나 놀라운지, 약한 독감에 걸리면 얼마나 황폐하고 삭막한 영혼이 드러나는지, 체온이 조금 오르면 어떤 절벽과 풀밭이 화사한 꽃들로 어른거리는지, 병을 앓을 때면 우리 내면의 얼마나 굳센 참나무 고목들의 뿌리가 뽑히는지, 이를 뽑을 때면 어떻게 죽음의 구덩이에 굴러떨어져서 머리 위로 차오르는 소멸의 물결을 느끼다가 천사들과 하프 연주자들이 눈앞에 있을 거라고 느끼며 깨어나서는 치과의 의자에 앉은 채 수면으로 떠오르다가 "입을 헹구세요. 입을 헹구세요."라는 치과의사의 말을 천국에서 우리를 내려다보며 환영하는 신의 인사로 착각하는지를 생각해 볼 때, 어쩔 수 없이 이런 생각을 자주 해야 하므로, 이런 일과 무수히 다른 것도 생각할 때, 질병이 문학의 중요한 주제로서 사랑이나 전쟁, 질투 옆에 놓이지 못했다는 사실은 참 이상하다. 독감을 주제로 다룬 소설이나 장티푸스를 다룬 서사시, 폐렴에 부치는 송가, 치

66

통을 노래하는 시가 충분히 있을 법한데도 실은 그렇지 않다. 몇 가지 예외(드퀸시는『어느 아편 중독자의 고백』에서 그런 시도를 했고 프루스트의 작품 중에도 질병에 관한 책이 한두 권 있을 것이다.) 가 있을 뿐 문학은 그 주관심사가 마음이라고 최선을 다해 주장한다. 몸이란 영혼을 숨김없이 명료하게 비치는 판유리이고, 욕망과 탐욕 같은 한두 가지 열정을 제외하면 몸은 아무것도 아니고 보잘것없고 실재하지 않는다는 것이다. 이와 달리 정반대의 주장이 사실이다. 몸은 낮이든 밤이든 끼어든다. 무디게 만들거나 날카롭게 하고, 채색하거나 변색하고, 무더운 6월의 밀랍처럼 녹아 버리거나 안개 낀 2월의 기름처럼 굳는다. 내면의 존재는 얼룩졌든 장밋빛이든 유리창을 통해서만 볼 수 있다. 그것은 칼집이나 완두콩 꼬투리처럼 한순간도 몸과 분리될 수 없다. 그것은 끝없이 이어지는 더위와 추위, 안락과 불편, 배고픔과 포만감, 건강과 질병 등의 변화를 피할 수 없는 파국이 다가올 때까지 겪어야 한다. 몸이 산산조각으로 부서지면 영혼이 탈출한다고 한다. 그런데 몸이 겪어야 하는 온갖 일상적 드라마에 대해서는 어떤 기록도 없다. 사람들은 언제나 마음의 행위에 대해서 쓴다. 마음에 떠오르는 생각이나 고귀한 계획, 마음이 어떻게 세계를 문명화했는지에 대해 쓴다. 그들은 철학자의 작은 탑에서 몸을 무시하면서 이를 보여 준다. 혹은 정복이나 발견을 추구하면서 몸을 낡은 가죽 축구공처럼 몇십 킬로미터에 걸친 눈과 사막 너머로 걷어차 버린다. 열이 오르고 우울증이 밀려들 때 고독한 침실에서 몸이 마음을 거느리고 홀로 치르는 엄청난 전쟁은 도외시된다. 그 이유는 멀리서 찾지 않아도 된다. 이런 사실을 똑바로 직시하려면 사자 조련사의 용기와 강건한 철학, 지구 내부에 뿌리

박힌 이성이 필요하다. 이런 것이 부족하면 몸이라는 이 괴물, 이 기적, 그 고통은 곧 우리를 점점 나약하게 만들어 신비주의에 빠뜨리거나 혹은 신속한 날갯짓으로 날아올라 초월주의의 황홀경에 빠뜨리리라. 더 실제적으로 말하자면 독감을 주제를 다룬 소설은 줄거리가 부족하다는 평을 들을 것이다. 그 안에 사랑이 없다고 불평할 것이다. 하지만 잘못된 불평이다. 질병은 종종 사랑의 가면을 쓰고, 사랑과 똑같이 낡은 속임수를 쓰며, 어떤 얼굴을 성스럽게 미화하고, 몇 시간이나 귀를 곤두세우고 층계에서 삐걱거리는 소리를 기다리게 하고, 옆에 없는 사람의 얼굴(건강할 때는 아주 평범한 얼굴이지만)을 새로운 의미로 장식하기 때문이다. 그러면서 마음은 건강할 때는 시간도 여유도 없어서 하지 못했지만 이제 그들에 대한 수천 가지의 전설과 로맨스를 지어낸다. 마지막으로 질병이 문학 소재로 부적합한 이유 가운데 언어의 결핍이 있다. 햄릿의 생각과 리어 왕의 비극을 표현하는 데 있어서는 영어가 나무랄 데 없지만 오한이나 두통을 묘사할 단어는 부족하다. 영어는 한쪽으로 발달해 왔다. 한낱 여학생이라도 사랑에 빠지면 셰익스피어나 존 던, 키츠를 이용해서 자기 마음을 표현한다. 그러나 병에 걸린 사람이 머릿속 통증을 의사에게 설명하려면 당장 언어가 고갈되어 버린다. 그가 사용할 수 있도록 마련된 표현이 없다. 그는 스스로 새로운 말을 만들어야 한다. 그래서 한편의 통증과 다른 편의 소리뿐인 웅얼거림을 (어쩌면 바벨의 주민들이 처음에 그랬듯이) 뭉뚱그려서 결국 완전히 새로운 단어를 뱉는다. 어쩌면 우스운 단어이리라. 영국 태생의 그 누가 언어를 제멋대로 바꿀 수 있을 것인가? 우리에게 영어는 신성한 것이고 그래서 죽을 수밖에 없는 운명이다. 옛 단어를 처분하기보다 새 단어를 만드는 데 훨씬 재주가 많은 미국인들이 우리를 도와서 샘이 계속 흐르게 해 주지 않는다면 말이다. 하지만 우리에게 필요한 것은 원시적이고 미묘하며 감각적이고 외설적인 새 단어뿐 아니라 열정들의 새로운 서열이다. 사랑은 40도의 체온 앞에서 물러날 수밖에 없고, 질투심은 좌골 신경통에 굴복한다. 불면증은 악당처럼 굴고, 그것을 무찌르는 영웅은 달콤한 맛이 나는 하얀 액체다. 나방의 눈과 깃털 달린 발을 가진 그 힘센 왕자의 한 가지 이름은 클로랄[8]이다.

그러나 다시 환자에게로 돌아가자. "난 독감으로 앓아누웠어요." 그는 이런 말로 사실 동정을 받지 못하고 있음을 불평한다. "난 독감으로 앓아누웠어요." 그런데 이 말은 그 엄청난 경험의 무엇을 전달할 수 있는가. 세상은 모습이 달라졌고, 사업 수단은 멀어져 갔고, 축제의 소음은 먼 들판 너머에서 바삐 돌아가는 회전목마 소리처럼 아득하다. 친구들은 달라져서 누군가는 기이한 아름다움을 띠고 누군가는 땅딸막한 두꺼비처럼 추해졌다. 그동안 인생의 풍경은 멀리 바다에 나간 배에서 바라보는 해안처럼 가마득하고 아름답다. 그는 때로 봉우리에 올라 인간에게서든 신에게서든 도움을 바라지 않지만, 때로는 바닥에서 무기력하게 기어 다니며 하녀의 발길질도 반가워한다. 이런 경험은 전달할 수 없다. 말로 표현할 수 없는 이런 일들이 늘 그렇듯이, 그의 고통은 친구들에게 자신들이 앓았던 독감이나 지난 2월에 슬퍼해 줄 사람 없이 넘어갔지만 이제 공감의 성스러운 위안을 필사적으로 요구하며 아우성치는 자신들의 아픔과 고통의 기억을 일깨울 뿐이다.

8 최면제, 진통제의 일종

그러나 우리는 공감을 얻을 수 없다. 현명한 운명의 여신은 이를 거부한다. 이미 슬픔에 짓눌려 있는 운명의 자녀들이 공감의 부담마저 떠맡으며 상상 속에서 자신의 고통에 다른 사람들의 고통을 보탠다면, 건물 공사는 중단될 테고 도로 공사는 흐지부지되어 잡풀이 무성할 것이다. 음악과 그림은 중단되고, 큰 한숨 소리만 하늘에 닿을 테고, 사람들은 오로지 공포와 절망에 휩싸일 것이다. 사실 기분을 전환시켜 주는 사소한 일은 늘 존재한다. 병원 한구석에서 손풍금을 켜는 악사가 있고, 감옥이나 구빈원 너머로 사람을 꾀어내는 서점이나 장신구 가게가 있고, 우스꽝스러운 고양이나 개가 있어서, 늙은 거지의 비참한 모습을 몹시 암담한 고통으로 바꾸지 않는다. 고통과 고난에 시달리는 판잣집들, 슬픔의 메마른 상징들이 우리에게 요구하는 공감을 베풀기 위한 엄청난 노력은 꺼림칙하지만 다음 기회로 물러난다. 요즘 공감을 베풀어 주는 사람은 대체로 게으름뱅이나 실패자이고 태반은 여자들(이들에게는 한물간 것이 새로움 및 무질서와 기이하게도 나란히 존재한다.)이다. 그들은 시합에서 낙오되었으므로 변덕스럽고 무익한 일탈에 시간을 쓸 수 있다. 가령 C. L.은 안정된 병실 난롯가에 앉아서 차분하면서도 풍부한 상상력으로 유아방의 난로망과 빵 덩어리, 가로등, 길거리의 손풍금, 앞치마와 무모한 행각에 대한 노부인들의 실없는 이야기를 늘어놓는다. 성급하고 도량이 넓은 A. R.은 여러분이 위안거리로 큰 거북이를 갖고 싶어 하거나 기분을 북돋을 현악기 테오르보를 원한다면 런던 시장을 샅샅이 뒤져서 어떻게든 그날로 손에 넣어 포장해 올 것이다. 경박한 K. T.는 왕족의 연회에라도 가듯이 실크 드레스 차림에 깃털 모자를 쓰고 (이 역시 시간을 들여) 화장하고 분 바른 모습으로 어두운 병실에서 화려한 광채를 낭비하고, 수다를 떨고 흉내를 냄으로써 약병을 부딪쳐 울리고 불꽃을 튀긴다. 그러나 그런 어리석은 행동은 한물갔다. 문명사회는 다른 목표를 가리킨다. 중서부 지방의 도시들에 전깃불이 들어와 눈부시게 빛나므로, 인설 씨는 "휴가 기간이 아닐 때는 매일 이삼십 건의 약속을 지켜야 한다." 그렇다면 거북이나 테오르보가 들어설 자리가 어디 있으랴?

병을 앓으면 어린애처럼 솔직해진다고 고백(질병은 큰 고백 성사실이나 다름없다.)하도록 하자. 건강할 때는 신중하고 점잖게 숨기던 것들이 입 밖에 나오고 진실이 불쑥 튀어나온다. 공감을 예로 들어 보자. 우리는 공감 없이 살아갈 수 있다. 온갖 신음이 메아리치는 세상, 사람들이 공동의 욕구와 공포로 단단히 결합되어 있어서 한 손목을 잡아당기면 다른 이의 손목이 당겨지고 아무리 이상한 경험을 했더라도 다른 사람들 역시 그것을 경험했고 마음속으로 아무리 멀리 여행하더라도 누군가는 이미 그곳에 가 본 세상이란 환상일 뿐이다. 우리는 타인의 영혼은 고사하고 자기 영혼도 알지 못한다. 사람들은 쭉 뻗은 길을 함께 손잡고 가지 않는다. 각자에게 수풀에 뒤엉키고 길이 없는 원시림이 있다. 새 발자국도 찍히지 않은 설원이 있다. 이곳을 우리는 홀로 가고 그 편을 더 좋아한다. 늘 공감을 받고, 늘 누군가와 동행하고, 늘 이해를 받는다면 견딜 수 없을 것이다. 그러나 건강할 때는 친절하게 소통하고 교화하고 공유하고 사막을 개간하고 원주민을 교육하고 낮에는 함께 일하고 밤에는 함께 즐기는 척하면서 그런 노력을 일신해야 한다. 병에 걸리면 이런 가식이 중단된다. 침대에 몸져눕거나 의자에 쌓인 베개들 속에 몸을 파묻고 발을 한 치라도 들어 다른 의자에 올려놓으면 그 즉시 우리는 강건한 군대의 군인이 아니라 탈영병이 된다. 그들은 전장으로 행군하지만, 우리는 지팡이를 잡고 냇물에서 정처 없이 떠돈다. 잔디밭에 흩어진 낙엽에 허둥대고, 무책임하고 무심하게 어쩌면 몇 년 만에 처음으로 주위를 둘러보고 올려다볼 수 있다. 가령 하늘을 쳐다본다고 하자.

그 순간 눈에 들어온 그 비범한 장관은 신기하게도 압도적이다. 보통은 하늘을 한참 동안 쳐다볼 수 없다. 공적 장소에서 하늘을 쳐다보는 사람이 있으면 보행자들이 방해받고 당황할 것이다. 우리 눈에 보이는 조각난 하늘은 굴뚝과 교회들로 잘려 있고, 사람의 배경이 되며, 궂은 날씨나 맑은 날씨를 알려 주고, 창문을 금색으로 덧칠하고, 나뭇가지들 사이를 채워 가을날 런던 광장들에 늘어선 어수선한 플라타너스의 비애를 완성한다. 그런데 땅에 깔린 낙엽이나 데이지처럼 바닥에 누워 똑바로 올려다보면 하늘은 전혀 다르게 보여 실로 다소 충격적이다. 그렇다면 우리가 알지 못하는 사이에 이런 일이 내내 지속되었던 것이다. 끊임없이 형체를 만들어 내려보내고, 구름들을 함께 뒤흔들어 방대한 배들과 수레들을 북쪽에서 남쪽으로 줄줄이 끌어가고, 빛과 그늘의 장막으로 끊임없이 위아래를 에워싸고, 금빛 광선과 푸른 그림자로 태양에 베일을 드리웠다가 걷어내고 바위 성벽을 만들었다가 퍼뜨려 버리는 실험을 지속하는 이런 일이. 이런 끝없는 활동이 수백만 마력의 에너지를 얼마나 소모하는지 아무도 모르지만 매년 임의대로 벌어진 것이다. 이 사실은 언급할 필요가 있고 실로 질책이 필요하다. 누군가는 이를 《타임스》에 써야 한다. 그것을 활용해야 한다. 이 거대한 영화가 텅 빈 극장에서 영원히 상영되게 해서는 안 된다. 그렇지만 조금 더 오래 지켜보면 다른 감정이 일어 흥분한 시민의 열의를 가라앉힌다. 성스러이 아름다운 그 풍경은 성스러우며 냉혹하기도 하다. 인간의 기쁨이나 이익과 무관한 어떤 목적을 위해 무한한 자원이 사용된다. 우리 모두가 얼어붙어 뻣뻣하게 엎어져 있더라도, 하늘은 그 푸른 광선과 금색 광선의 실험을 지속한다. 어쩌면 그때 우리는 가까이 있는 아주 작고 친숙한 것을 내려다보고 공감을 찾아낼 것이다. 장미를 살펴보자. 우리는 수반에서 꽃을 피우는 장미를 보고 종종 그것을 그 절정기의 아름다움과 결부했기에 장미가 오후 내내 고요히 굳건하게 땅에 서 있는 것을 잊었다. 장미는 완벽한 품위와 침착한 태도를 잃지 않는다. 가득 찬 꽃잎들은 비길 데 없이 완벽하다. 그러다가 꽃잎 하나가 유유히 떨어진다. 때로 모든 꽃들이 산들바람에 부드럽게 고개를 숙인다. 매끄러운 살결에 숟가락을 대면 선홍색 즙이 소용돌이치는 관능적인 자줏빛 꽃이나 크림색 꽃, 글라디올러스와 달리아, 성직자와 교회를 연상시키는 백합, 단정하고 뻣뻣한 줄기 끝이 살굿빛과 호박색으로 물든 꽃들이. 한낮의 태양에 당당하게 인사하고 한밤중에는 어쩌면 달을 묵살할 묵직한 해바라기를 제외하면 모두 그렇다. 꽃들은 거기에 서 있다. 그리고 인간은 온갖 사물 중에서 가장 고요하고 가장 자족적인 꽃들을 벗으로 삼아 왔다. 인간의 열정을 상징하고, 인간의 축제를 장식하고, 죽은 자들의 베개 위에 (슬픔을 아는 듯이) 놓인 이 꽃들을! 놀랍게도 시인들은 자연에서 종교를 발견해 왔다. 시골에 사는 사람들은 식물에서 미덕을 배운다. 식물은 무심으로 위안을 준다. 인간이 밟아 본 적 없는 마음의 설원을 구름이 찾아오고 떨어지는 꽃잎이 입 맞춘다. 다른 영역에서 밀턴이나 포프 같은 위대한 예술가들이 우리를 생각해서가 아니라 망각함으로써 위안을 주듯이.

한편 강직한 자들의 군대는 하늘이 아무리 무심하고 꽃들이 경멸하더라도 개미나 벌처럼 용감하게 행군하며 전투에 나간다. 존스 부인은 기차를 탄다. 스미스 씨는 자동차를 수리한다. 암소들의 젖을 짜러 집으로 몰아간다. 남자들이 초가지붕의 짚을 얹는다. 개들이 짖어 댄다. 그물에서 날아오른 까마귀가 느릅나무에 걸린 그물에 떨어진다. 인생의 파도가 지칠 줄 모르고 몰아친다. 자연이 애써 숨기려 하지 않는 것, 자연이 결국에 이기리라는 사실을 아는 것은 몸져누운 사람뿐이다. 열기가 지상에서 사라질 테고, 얼어붙어 뻣뻣해진 우리는 두 발을 끌어 들판을 돌아다니기를 그만둘 테고, 공장과 엔진에 얼음이 두껍게 덮일 테고, 태양이 꺼져 버릴 것이다. 그러더라도 온 지구에 얼음이 덮여 미끄러울 때, 어딘가 기복을 이루고 고르지 못한 표면이 옛 정원의 경계를 드러낼 것이다. 그곳에서 별빛에 겁먹지 않고 의연하게 고개를 내민 장미가 꽃을 피우고 크로커스가 빛을 발할 것이다. 그러나 우리는 아직 내면의 생명의 갈고리에 걸려 꿈틀거릴 수밖에 없다. 우리의 뻣뻣해진 몸은 평온하게 유리관에 들어갈 수 없다. 몸져누운 사람이라도 발가락이 얼어붙는 상상만 하면 벌떡 일어나 보편적인 희망, 천국과 불멸을 얻으려고 손을 내뻗을 것이다. 의심의 여지 없이 사람들은 수많은 세대에 걸쳐 소망을 품어 왔으므로, 소망하는 바를 이루었을 것이다. 발로 직접 디딜 수는 없어도 마음이 쉴 수 있는 푸른 섬이 있을 것이다. 인류의 상상력이 협조하여 어떤 확고한 윤곽을 그려 냈어야 마땅하다. 하지만 실상은 그러지 못했다. 《모닝 포스트》를 펼쳐

리치필드의 주교가 천국에 관해 쓴 글을 읽어 보면 설득력이 약하고 무미건조하며 결론이 없고 모호하다. 저 화려한 교회에 줄지어 들어가는 신도들이 보인다. 날씨가 아무리 음산하고 땅이 젖었어도 교회 안에는 등불이 타오르고 종이 울릴 테고, 바깥에는 가을 낙엽이 발에 끌리고 바람이 한숨을 쉬더라도, 희망과 욕망이 내적 신념과 확신으로 바뀔 것이다. 그들의 얼굴이 평온해 보이는가? 그들의 눈은 숭고한 확신의 빛에 차 있는가? 그들 중 하나는 과감하게 비치헤드에서 뛰어올라 곧바로 천국에 들어갈 것인가? 바보만이 이런 질문을 던질 것이다. 소규모 신도들은 꾸물거리고 힘겹게 움직이며 동정을 살핀다. 어머니는 기운이 없고 아버지는 지쳤다. 주교들도 지치기는 마찬가지다. 그 교구에서 주교에게 자동차를 선물했다느니, 증정식에서 어떤 주도적 시민이 신도들보다는 주교에게 자동차가 더 필요하다고 분명 진실이 담긴 말을 했다는 등의 기사가 그 신문에서 자주 눈에 띈다. 그러나 천국을 만드는 데는 자동차가 필요하지 않다. 필요한 것은 시간과 집중이다. 시인의 상상력이다. 우리에게 맡겨 두면 우리는 천국을 시시하게 만들 뿐이다. 천국에 있는 피프스를 상상하고, 백리향 풀밭에서 유명 인사들과 나눌 인터뷰를 간략하게 그려 보고, 지옥에 머물렀거나 더욱 고약하게도 지구로 돌아와서 거듭거듭 살아가기로 선택한 (선택하는 데는 해로울 일이 없으므로) 친구들에 대한 잡담에 이내 빠져들 것이다. 때로 남자로, 때로 여자로, 때로는 선장이나 궁녀, 황제나 농부의 아내로, 화려한 도시나 외진 습지에서, 테헤란이나 턴브리지 웰스에서, 페리클레스나 아더 왕, 샤를마뉴 대제나 조지 4세 시대에 거듭거듭 살아가다가 마침내 어린 시절에 우리를 기다리는 태아의 삶을 끝까지 살아내고 그 폭군 같은 **자아**에 흡수된다. 그 자아는 이 세상에 한해서는 정복해 왔지만 천국마저 점령할 수는 없을 (소망으로 변화시킬 수는 있더라도) 테고, 여기서 윌리엄이나 아멜리아로 살아온 우리에게 영원히 윌리엄이나 아멜리아로 남으라고 저주할 것이다. 우리에게 맡기면 우리는 이렇게 세속적으로 추측한다. 우리 대신 상상해 줄 시인들이 필요하다. 천국을 만드는 일은 계관 시인의 임무에 첨부되어야 한다.

실로 우리는 시인에게 관심을 돌린다. 병에 걸리면 산문을 읽는데 필요한 노역이 내키지 않아진다. 한 장(章)에서 다른 장으로 넘어가는 동안 모든 능력을 동원하여 이성과 판단력과 기억력을 계속 집중할 수 없다. 자리를 잡는 동안 우리는 아치와 탑, 총안 등 전체 구조가 그 토대 위에 확고하게 구축될 때까지 다음에 나오는 것을 경계하며 살펴야 한다. 『로마 제국 멸망사』는 인플루엔자에 걸렸을 때 읽을 책이 아니고, 『황금 술잔』과 『마담 보바리』도 마찬가지다. 반면에 책임감을 접고 판단력이 유보된 상태에서(병자에게 비평을 요구하거나 몸 져누운 사람에게 건전한 양식을 강요할 사람이 어디 있겠는가?) 갑자기 발작적으로 강렬하게 다른 취향이 나타난다. 우리는 시인들에게서 꽃을 찾아 나선다. 시행 한두 개를 잘라내어 마음속 깊은 곳에 펼치고는 그것이 화려한 날개를 활짝 펴고 푸른 물 속에서 다채로운 물고기처럼 헤엄치게 한다.

저녁이면 종종
어스름에 잠긴 초원을 따라 소떼가 찾아온다.

밀턴, 『가면극』(1637) 2장 843~844행

산맥을 따라 무리지어 방랑하며

마지못해 서서히 불어오는 바람에 인도되어.

    셸리, 『풀려난 프로메테우스』(1820) II. I. 11. 146~147행

혹은 하디의 시 한 편이나 라브뤼예르의 한 문장은 세 권에 달하는 소설의 의미를 숙고하고 전개한다. 찰스 램의 『서한집』에 살짝 빠져들어(어떤 산문 작가는 시인으로 보아야 한다.) "나는 피비린내 나는 시간의 살해자이고 이제 시간을 서서히 죽일 겁니다. 그러나 그 뱀은 치명적이지요."(「버나드 바튼에게 보낸 편지」(1829. 7. 25.)를 읽을 때의 기쁨을 누가 설명할 수 있을까? 혹은 랭보의 책을 펼치고

오, 계절이여, 오, 성들이여,

결함 없는 영혼이 어디 있을까?

이런 구절을 읽을 때의 매혹을 누가 그럴듯하게 설명할 수 있을까? 아플 때면 단어들이 신비로운 속성을 띠는 것 같다. 우리는 표면적 의미를 넘어선 무언가를 포착하고, 어떤 소리나 색깔, 이곳의 강세와 저곳의 정지 같은 것을 본능적으로 그러모은다. 시상에 비해 언어의 빈약함을 알고 있는 시인이 시 여기저기에 뿌려 놓은 것들이 다 모이면 어떤 단어로도 표현할 수 없고 이성도 설명할 수 없는 마음 상태를 자아낸다. 병든 사람은 문장을 이해하기 어려운 상태에 몹시 짓눌리는데, 그것은 건강한 사람들이 생각하는 것보다 당연한 일이다. 건강할 때는 의미가 소리를 잠식하고 지성이 감각을 지배한다. 그러나 병에 걸리면 이성이 느슨해져서 우리는 말라르메

나 존 던의 모호한 시, 라틴어나 그리스어로 쓰인 구절에 슬며시 빠져든다. 그 단어들은 향기를 발하고 나뭇잎처럼 살랑거리며 빛과 그림자로 우리를 물들인다. 이윽고 우리가 그 의미를 포착하게 되면, 그 의미는 날개를 활짝 편 채 서서히 날아올랐으므로 한층 풍부하다. 우리는 그 언어에 낯선 외국인보다 불리하다. 중국인들은 『안토니우스와 클레오파트라』 대사의 소리를 우리보다 잘 들을 게 분명하다.

질병의 한 가지 속성은 무모함인데(우리는 실로 무법자다.) 셰익스피어를 읽을 때 가장 필요한 덕목이 무모함이다. 셰익스피어를 읽을 때 지성을 버려야 한다는 것이 아니라, 그의 명성에 우리가 위축된다는 사실을 충분히 의식해야 한다는 뜻이다. 비평가들의 책을 보게 되면 셰익스피어와 우리 사이를 가로막는 것이 전혀 없다는 우레처럼 울리는 우리의 확신이 약해진다. 그 확신은 환상이라 하더라도 유용한 환상이고, 어마어마한 기쁨이며, 위대한 작가의 책을 읽는 데 아주 예리한 자극이 된다. 셰익스피어의 작품에는 구더기가 들끓고 있다. 가부장적인 정부가 스트랫퍼드에서 그의 기념비를 낙서할 수 없는 곳에 세웠듯이, 셰익스피어에 대한 글쓰기를 금지할지 모른다. 온갖 비평들이 요란하게 와글거리는 가운데 우리는 홀로 과감하게 추측하거나 여백에 메모를 써 놓을 수 있다. 하지만 누군가 앞서 그런 말을 했거나 더 멋지게 말했다는 것을 알게 되면 열정이 사그라진다. 질병은 제왕처럼 장엄하게 그 모든 비평을 쓸어내고 셰익스피어와 우리만 남긴다. 그러면 셰익스피어의 과도한 능력과 우리의 과도한 오만이 만나면서 방해물이 무너지고 매듭이 풀리며 우리의 두뇌는 『리어 왕』이나 『맥베스』와 공명하고 울려 퍼진다. 그러면 콜리지의 비평조차 멀리서 찍찍거리는 생쥐 소리처럼 들린다. 셰익스피어의 희곡과 소네트도 그렇다. 『햄릿』만 예외다. 우리는 『햄릿』을 인생에 단 한 번, 스무 살과 스물네 살 사이에 읽는다. 그때는 우리가 햄릿이고 청년이다. 적나라하게 말해서 햄릿은 셰익스피어이고 청년이듯이. 그런데 자신이 어떤 인간인지 어떻게 설명할 수 있을까? 우리는 그 인간일 수밖에 없다. 그래서 비평가는 늘 어쩔 수 없이 자기 과거를 돌아보거나 곁눈질하면서, 거울에 비친 자기 모습을 보듯이 『햄릿』에서 움직이고 사라지는 무언가를 본다. 그렇기 때문에 『햄릿』은 끊임없이 다양하게 보이면서도, 『리어 왕』이나 『맥베스』를 읽을 때와 달리, 거듭되는 독서로 어떤 의미가 더해지더라도 그 중심이 견고하고 확고하게 유지된다는 느낌을 받기 힘들다.

이제 셰익스피어는 그만하고 어거스터스 헤어(19세기 영국 작가이자 재담가로서 전기와 여행기를 많이 발표했다.)에게 관심을 쏟자. 어떤 사람들은 질병을 앓고 있다고 해서 이처럼 좋아하는 작가가 달라지는 것은 아니고, 『두 귀족의 생애』(어거스터스 헤어의 전기)의 작가는 보스웰(새뮤얼 존슨의 전기를 쓴 작가)만큼 뛰어나지 못하고, 최고의 문학 작품이 부족해서 최악의 작품을 좋아한다고(평범한 작품은 혐오스럽기 때문에) 주장하면 양쪽 다 얻지 못할 거라고 말한다. 그렇다고 치자. 관례는 정상적인 사람들 편이다. 그러나 미열로 고생하는 사람들에게 헤어와 워터포드, 캐닝(『두 귀족의 생애: 캐닝 공작부인 샬럿과 워터포드 후작부인 루이자의 회고록』)의 이름은 늘 온화한 광선을 발할 것이다. 물론 처음 백 페이지가량은 그렇지 않다. 이런 두꺼운 책에서 흔히 그러듯이 이 책의 앞부분에서 우리는 넘쳐 나는 숙모들과 숙부들의 늪에서 허우적거리다가 빠져 버릴 위험이 있다. 글에는 주변 정황이라는 것이 있고 대가들은 놀라운 일이 있든 없든 무언가를 준비하는 동안에 참을 수 없이 우릴 지루하게 만든다고 마음을 다잡아야 한다. 그러니 헤어도 서두르지 않는다. 자기도 모르게 우리는 서서히 매료되고, 그 모든 것이 기묘하다는 느낌은 남아 있지만 차차 그 가족의 일원이 되다시피 하고, 스튜어트 경이 방을 나섰을 때(무도회가 곧 시작될 예정이었다.) 그리고 훗날 아이슬란드에 있다는 소식이 들려왔을 때 그 가족이 느낀 경악감에 공감한다. 그는 파티가 권태롭다고 말했다. 지성과의 결혼으로 섬세하고 독특한 마음이 불순해지기 전에 영국 귀족들은 그러했다. 그들은 파티에 권태를 느끼고 아이슬란드로 달아났다. 그런데 벡퍼드는 성을 세우려는 광적 열기에 사로잡혔다. 그는 프랑스에 있는 어떤 성을 영국 해협을 가로질러 실어 왔고 무너져 내리는 절벽 가에 막대한 비용을 들여서 첨탑과 탑 들을 세우고 하인들의 침실로 쓰려 했다. 그래서 하녀들은 솔렌트 해협으로 떠내려가는 자기들의 빗자루를 보게 되었다. 레이디 스튜어트는 무척 괴로웠지만 최선을 다했고, 귀족 태생의 숙녀답게 그 폐허 앞에 상록수를 심기 시작했다. 그동안 그녀의 딸 샬럿과 루이자는 옅은 안개가 자욱한 곳에서 연필을 쥐고 스케치를 하거나 춤을 추고 시시덕거리며 비할 데 없이 사랑스럽게 자라났다. 사실 그 아가씨들은 그리 눈에 띄지 않았다. 당시의 삶은 샬럿과 루이자의 것이 아니었다. 가족생활이자 집단생활이었다. 그것은 거미줄이나 그물처럼 널리 퍼져 나가서 온갖 사촌들과 식솔들, 옛 충복을 얽어 넣었다. 케일돈와 멕스버러 같은 숙모들과 스튜어트와 하드윅 같은 할머니들이 합창단처럼 모여서 함께 기뻐하고 함께 슬퍼하며 함께 크리스마스 정찬을 먹고 아주 늙어가면서도 꼿꼿한 자세로 덮개가 달린 의자에 앉아 색종이로 꽃을 오려 냈다. 샬럿은 캐닝과 결혼해서 인도에 갔고, 루이자는 워터포드 경과 결혼해서 아일랜드에 갔다. 그 후 느릿느릿 항해하는 선박에 실린 편지들이 방대한 공간을 가로질렀고, 매사가 더욱 지체되고 장황해졌다. 19세기 초반의 공간과 여유는 끝이 없어 보인다. 신앙심은 상실되었고, 헤들리 비카스[9]는 신앙심을 부활시켰다. 숙모들은 감기에 걸렸다가 낫고, 사촌들은 결혼한다. 아일랜드에 기근이 들고 인도에 폭동이 일어난다. 두 자매는 그들의 큰 슬픔을 말없이 간직한다. 당시 뒤를 이을 자식이 없는 여자들이 진주처럼 가슴에 숨긴 것이 있었다. 아일랜드로 건너와서 온종일 사냥을 다니는 남편과 함께 살아야 하는 루이자는 아주 외로울 때가 많았다. 그러나 그녀는 자기 자리를 지켰고 가난한 사람들을 찾아가서 위로의 말("앤서니 톰프슨이 제정신을 잃었다니, 아니 기억 상실이라니 정말 유감이에요. 하지만 오로지 우리 주님에게 기댈 정도의 이해력만 있으면 충분하지요.")을 건넸고 끊임없이 스케치를 했다. 저녁나절에 그린 펜화와 잉크화로 공책 수천 권이 채워졌다. 어떤 목수가 펼쳐 준 종이에 그녀는 교실에 걸 프레스코화를 도안했고, 살아 있는 양을 자기 침실에 들이고 사냥터지기를 담요로 감싸서 성가족의 그림을 많이 그렸다. 급기야 그 위대한 와츠는 여기에 티치아노에 필적하는 화가이자 라파엘로의 스승이 있다고 경탄했다. 그러자 레이디 워터퍼드는 웃었고(그녀에게는 너그럽고 온화한 유머 감각

---

9   크림반도에서 근무한 장교로서 극단적 종교적 전향을 경험했다. 캐서린 마시가
     그의 전기 『헤들리 비카스의 생애』(1855)를 썼다.

이 있었다.) 자신은 그저 스케치할 뿐이며 평생 교습을 받은 적이 없고 자신이 그린 천사의 날개가 창피하게도 미완성인 것을 보라고 말했다. 게다가 그녀의 아버지가 지은 성이 계속 부서지며 바닷물에 쏟아졌다. 그녀는 그 성의 토대를 강화해야 했고, 친지들을 대접해야 했고, 온갖 자선 행사로 일상의 나날을 채워야 했다. 마침내 남편이 사냥에서 돌아오면 종종 한밤중에 남편 옆의 등불 아래 공책을 펼치고 앉아서 기사다운 얼굴을 반쯤 수프 그릇에 파묻은 남편의 모습을 스케치하곤 했다. 그는 또다시 십자군처럼 당당하게 여우 사냥을 하러 달려갔고 그녀는 손을 흔들면서 매번 이것이 마지막이라면 어쩌지 하고 걱정하곤 했다. 어느 날 아침이 마지막이었다. 그의 말이 발을 헛디디는 바람에 그는 죽었다. 그녀는 사람들이 알려 주기도 전에 그 사실을 알았다. 존 레슬리 경은 장례가 치러지던 날 아래층으로 달려갔을 때 창가에 서서 떠나는 영구차를 바라보던 그 귀부인의 아름다움을 도저히 잊을 수 없었다. 또한 장례식에서 돌아왔을 때 중기 빅토리아 시대의 두툼한 벨벳 커튼에 그녀가 극심한 고뇌로 움켜쥔 부분이 완전히 뭉개진 일도 잊을 수 없었다.

백작의 조카딸

소설의 극히 미묘한 한 측면은 그 중요성에 비해 언급되
는 일이 적다. 계층 차이에 대해서는 침묵하며 넘어가야 한다
고 여겨진다. 이 사람이나 저 사람이나 좋은 집안에서 태어났
으리라고 가정한다. 하지만 영국 소설은 사회적 신분의 부침
에 깊이 잠겨 있으므로, 그것을 배제하면 알아볼 수 없이 달라
질 것이다. 메러디스가 『오플 장군과 레이디 캠퍼의 이야기』
에서 "그는 레이디 캠퍼를 곧 뵈러 가겠다는 전갈을 보내고
즉시 몸단장을 하러 갔다. 그녀는 백작의 조카딸이었다."라고
서술할 때, 영국인들은 그 말을 서슴없이 받아들이고 그가 옳
다고 생각한다. 그런 상황에서는 장군이 코트에 한 번 더 솔질
을 했을 것이다. 실제로는 어떨지 몰라도 장군은 레이디 캠퍼
와 사회적 동급이 아니라고 우리는 가정한다. 장군은 그녀의
신분이 미치는 충격을 맨몸으로 받아들였다. 그를 보호해 줄
백작이나 남작, 혹은 나이트 작위도 없었다. 그는 고작해야 영
국 신사, 게다가 가난한 신사였던 것이다. 그러므로 지금도 영
국 독자들에게 그가 그 숙녀 앞에 나서기 전에 "즉시 몸단장

을 하러 갔다."라는 사실은 의문의 여지 없이 적절해 보인다.

　사회적 차별이 사라졌다는 것은 무익한 가정이다. 그런 제한을 알지 못하고 자신이 살고 있는 영역에서 세상을 자유롭게 오갈 수 있다고 주장할 수 있다. 그러나 그것은 환상이다. 여름날 한가하게 거리를 빈둥거리는 사람은 성공한 자들의 실크 스카프 사이로 밀치고 나아가는 청소부의 숄을 직접 볼 수 있다. 자동차 유리창에 코를 바짝 댄 여점원을 볼 수 있다. 조지 왕을 알현하려고 입장하기 위해 이름이 불리기를 기다리며 환하게 미소 짓는 젊은이들과 위엄 있는 노인들을 볼 수 있다. 적대감이 없을지 몰라도 소통 역시 없다. 우리는 가둬져 있고, 분리되고, 단절되어 있다. 소설이라는 거울에서 우리 모습을 보면 실제로 그렇다는 것을 당장 알게 된다. 소설가들, 특히 영국 소설가들은 사회가 서로 분리된 유리 상자들로 구성되어 있고 각 상자에는 그 나름의 독특한 습관과 속성을 가진 집단이 거주한다는 사실을 알고 즐거워하는 듯하다. 영국 소설가는 백작들이 실제로 존재하고 백작에게는 조카딸이 있다는 것을 안다. 장군들이 존재하며 그들은 백작의 조카딸을 만나기 전에 코트에 솔질을 한다는 것을 안다. 이런 사실은 그가 아는 것의 기초에 불과하다. 몇 페이지만 지나면 메러디스는 백작에게 조카딸이 있을 뿐 아니라 장군에게 조카가 있고, 조카들에게는 친구가 있으며 그 친구들에게는 요리사가 있고, 요리사들에게는 남편이 있고, 장군 조카의 친구의 요리사의 남편은 목수라는 사실을 알려 주기 때문이다. 이들은 제각기 자기 나름의 유리 상자에서 살아가고, 소설가가 고찰할 특성을 지닌다. 겉으로는 방대한 중산층의 평등으로 보이는 것이 실은 전혀 그렇지 않다. 사회적 대중을 가로지르는 희한한 결과 줄무늬가 있어서 남자와 남자를 떼어 놓고 여자와 여자를 떼어 놓는다. 신비로운 특권이나 불리한 조건은 직함 같은 노골적인 것으로 식별할 수 없는 미묘한 것이지만 인간 교류라는 중대사를 방해하고 혼란스럽게 한다. 그러더라도 우리가 백작의 조카딸부터 장군의 조카 친구에 이르기까지 온갖 계층 사이를 조심스럽게 헤치고 나아갈 때 여전히 어떤 심연에 직면한다. 우리 앞에 깊은 심연이 벌어져 있다. 건너편에는 노동 계층이 있다. 제인 오스틴처럼 완벽한 판단력과 감식력을 지닌 작가는 그 심연을 가로질러 흘끗 처다볼 뿐이다. 그녀는 자신의 계층에 스스로를 한정하고 그 속에서 무한히 미묘한 의미를 찾아낸다. 그러나 메러디스처럼 활발하고 호기심이 강하며 전투적인 작가는 탐험의 유혹을 뿌리치지 못한다. 그는 사회 계층의 위아래를 넘나들고, 한 곡조와 다른 곡조를 부딪쳐 울리게 하고, 영국의 문명 생활이라는 고도로 복잡한 코미디에서 백작과 요리사, 장군과 농부가 스스로를 강력히 내세우고 자기 역할을 수행하기를 요구한다.

메러디스가 그런 시도를 하는 것은 당연하다. 희극 정신에 물든 작가는 이런 계층 차이를 예리하게 즐긴다. 이 계층 차이는 그에게 꼭 움켜잡고 만지작거릴 것을 제공한다. 백작의 조카딸과 장군의 조카가 없다면 영국 소설은 메마른 폐허가 될 것이다. 러시아 소설과 비슷해져서, 방대한 영혼과 인간의 형제애에 기대야 할 것이다. 러시아 소설처럼 희극성이 결핍될 것이다. 그런데 백작의 조카딸과 장군의 조카에게 큰 신세를 지고 있음을 의식하면서도, 이 부서진 모퉁이에 관한 풍자적 유희에서 얻는 즐거움이 이를 위해 치르는 대가만큼의 가치가 있는지는 때로 의심스럽다. 상당한 대가를 치러야 하기 때문이다. 소설가가 받는 중압감은 엄청나다. 메러디스는 단편 소설 두 편에서 호기 있게 모든 심연들에 다리를 놓아 연결하고 상이한 여섯 계층을 단숨에 헤쳐 나가려 한다. 그래서 그는 백작의 조카딸로서 말하기도 하고, 목수의 아내로서 말하기도 한다. 그의 대담한 시도가 완벽하게 성공했다고는 말할 수 없다. 백작의 조카딸 가문이 그가 바라는 만큼 신랄하고 날카롭지 않다는(어쩌면 근거 없는) 느낌을 받을 수도 있다. 귀족들은 그가 자기 시각에서 묘사하려 했듯이 천편일률적으로 고위직에 무뚝뚝한 괴짜는 아닐 수 있다. 그러나 그는 미천한 사람들보다 명망가들을 잘 그려 냈다. 그가 그려 낸 요리사는 너무 상스럽고 통통하며, 농부들은 혈색이 지나치게 좋고 저속하다. 정력이나 활력 같은 단어나 주먹을 흔들고 넓적다리를 철썩 때리는 일이 남용된다. 그는 그들로부터 너무 멀리 떨어져 있어서 그들에 대해 쉽게 쓰지 못하는 것이다.

그러므로 소설가, 특히 영국 소설가는 다른 예술가들에게는 그리 심각하지 않은 장애로 고통을 받는 듯하다. 소설가의 작품은 그의 출신에 영향을 받는다. 그는 오로지 자기 계층에 대해서만 속속들이 알 수 있고 이해심을 갖고 묘사할 수 있는 운명이다. 자신이 성장한 유리 상자에서 탈출할 수 없다. 소설을 전체적으로 조감해 보면, 디킨스의 작품에는 신사가 없고 새커리의 작품에는 노동자가 등장하지 않는다. 제인 에어를 숙녀라고 부르려면 망설여진다. 제인 오스틴의 엘리자베스와 에마 같은 인물은 다른 계층으로 오인될 수 없으리라. 공작이나 청소부를 찾으려 해 봐야 헛된 일이다. 이처럼 극단적 계층의 인물을 어느 소설에서도 찾을 수 있을지 의심스럽다. 따라서 소설은 기대보다 빈약하고, 사회의 최상층과 최하층에서 일어나는 일을 소설에서는 대체로 알 수 없다는(어떻든 소설가들은 중요한 해설자이므로) 우울하고도 안타까운 결론에 이른다. 실제로 이 나라 최상층의 감정을 짐작할 수 있도록 주어진 증거가 전혀 없다. 국왕은 무엇을 느끼는가? 공작은 무엇을 생각하는가? 우리는 알 수 없다. 이 나라 최상류층은 글을 거의 쓰지 않았고, 자신들에 관해서는 일체 쓰지 않았다. 루이 14세의 궁정이 국왕 자신에게 어떻게 보였는지 우리는 결코 알 수 없다. 실로 영국 귀족층은 사라지거나 평민들과 합쳐지면서 자신들에 대한 진정한 자화상을 전혀 남기지 않을 것 같다.

그러나 귀족층에 대한 우리의 무지는 노동 계층에 대한 무지에 비하면 아무것도 아니다. 어느 시대나 영국과 프랑스의 명망 있는 가문들은 유명 인사들을 즐겨 식사에 초대했다. 그래서 새커리와 디즈레일리, 프루스트 같은 작가들은 귀족 생활의 유형과 풍습에 상당히 친숙했기에 권위 있게 쓸 수 있었다. 하지만 불행히도 작가가 문학적 성공을 거두면 예외 없이 계층 상승이 수반되고, 추락하는 경우는 결코 없다. 더욱 바람직한 경우로서, 사회적 계층이 확산되는 일은 거의 없다. 성공한 소설가는 진을 마시고 조갯살을 먹으러 배관공의 집에 놀러 오라는 성가신 부탁으로 시달리는 일이 없다. 그의 소설 덕분에 그가 고양이 먹이를 만드는 사람과 어울리거나 대영박물관 정문 옆에서 성냥과 구두끈을 파는 노파와 편지 교환을 시작하는 일은 결코 없다. 그는 부유하고 점잖은 인물이 된다. 야회복을 사 입고 동등한 사람들과 정찬을 함께한다. 그러므로 성공한 소설가의 후기작이 묘사하는 대상이 어느 쪽인가 하면, 약간 상승한 사회 계층이다. 성공한 사람들과 유명한 사람들의 초상화가 점점 더 많아지는 경향이 있다. 반면에 셰익스피어 시대의 늙은 쥐잡이꾼과 말구종은 발을 질질 끌며 눈앞에서 완전히 사라지거나, 더욱 불쾌하게도, 동정의 대상이나 호기심을 일으키는 사례가 된다. 그들은 부자들을 돋보이게 하는 데 이용된다. 사회 체계의 폐해를 가리키는 데 이용된다. 초서가 글을 썼던 때와 달리 그들은 이제 순전히 그들 자신으로 존재하지 않는다. 노동자가 제 언어로 제 삶에 대해 쓰는 것이 불가능하기 때문이다. 글을 쓰기 위해 필요한 교육을 받으면 그들은 당장 남의 시선을 의식하게 되거나 제 계층에서 쫓겨난다. 익명성과 타의 시선을 의식하지 않는 것, 작가들이 가장 만족스럽게 글을 쓰도록 보호해 주는 이 두 가지는 오로지 중산층의 특권이다. 중산층에서 작가들이 탄생한다. 오직 중산층에서만 글을 쓰는 훈련이 들판에서 괭이질을 하거나 집을 짓는 일처럼 자연스럽고 습관적이기 때문이다. 그러므로 바이런이 시인이 되는 것은 키츠보다 힘들었을 것이다. 공작이 위대한 소설가가 되는 것은 상점 계산원이 『실낙원』을 쓰는 것만큼이나 상상하기 어렵다.

하지만 세상은 변한다. 계층 차이가 늘 지금처럼 확고부동했던 것은 아니다. 엘리자베스 시대는 우리 시대보다 훨씬 탄력적이었다. 반면 우리는 빅토리아 시대인들만큼 인습적이지 않다. 그러므로 우리는 세상이 아직 경험하지 못한 어마어마한 변화의 언저리에 서 있는지도 모른다. 앞으로 백 년쯤 지나면 이 계층 차이는 전혀 남아 있지 않을 수 있다. 우리가 지금 아는 공작과 농업 노동자는 능에(몸집이 크고 빠른 유럽산 새)와 살쾡이처럼 완전히 멸종될지 모른다. 두뇌와 성격의 차이처럼 자연스러운 차이만 남아 인간을 구분하는 데 쓰일지 모른다. 오플 장군(그때도 장군이 있다면)은 백작(그때도 백작이 남아 있다면)의 조카딸(그때도 조카딸이 있다면)을 만나러 가면서 코트(그때도 코트가 있다면)에 솔질하지 않을 것이다. 그러나 장군도, 조카딸도, 백작도, 코트도 존재하지 않을 때 영국 소설에 무슨 일이 일어날지 우리는 상상할 수 없다. 알아보지 못할 정도로 그 성격이 바뀔지 모른다. 소설이 소멸할지 모른다. 우리가 시극을 거의 쓰지 않듯이, 우리 후손들은 소설을 거의 쓰지 않거나 엉망으로 만들어 놓을지 모른다. 참으로 민주적인 시대의 예술이란 과연 어떤 것일까?

공습 중 평화를 생각하며

독일군이 어젯밤과 그젯밤에 이 집을 덮쳤다. 그리고 오늘 또다시 왔다. 칠흑 같은 어둠 속에 누워 금방이라도 독침을 찔러 죽음을 불러올 말벌의 윙윙 소리에 귀를 기울이는 것은 기묘한 경험이다. 그 소리는 평화에 대한 생각을 차분하게 이어가는 걸 방해한다. 그렇지만 기도나 찬송가보다 더 그 소리는 평화를 생각하게 만든다. 우리가 평화를 생각함으로써 이룰 수 없다면 우리 — 이 침대 속의 이 몸뚱이 하나가 아니라 앞으로 태어날 수백만의 몸 — 는 똑같이 어둠 속에 누워 머리 위에서 울리는 똑같은 죽음의 가르릉 소리를 듣게 될 것이다. 언덕 위에서 대포가 뻥뻥 터지고 탐조등 불빛이 구름을 더듬고 이따금 가까운 곳에서나 멀리서 폭탄이 떨어지는 동안 어떻게 해야 단 하나의 효과적인 방공호를 만들어 낼 수 있을지 생각해 보자.

저 높은 하늘에서 영국 청년들과 독일 청년들이 서로 싸우고 있다. 수비수는 남자고, 공격수도 남자다. 여자들에게는 적과 싸우라고 혹은 스스로를 보호하라고 무기를 쥐여 준 적이 없다. 오늘 밤 그녀는 아무 무기도 없이 누워 있어야 한다. 하지만 만일 그녀가 저 하늘에서 벌어지는 전쟁이 자유를 지키려는 영국인들의 전투이고 자유를 파괴하려는 독일인들의 전투라고 믿는다면, 그녀는 최선을 다해 영국인 편에서 싸워야 한다. 그녀가 총기도 없이 자유를 위해 어떻게 싸울 수 있을까? 무기나 옷, 음식을 만듦으로써다. 그러나 총기 없이 자유를 위해 싸우는 또 다른 방법이 있다. 우리는 마음으로 싸울 수 있다. 하늘에서 싸우고 있는 영국 청년이 적을 무찌르도록 도움이 될 이념을 만들 수 있다.

그러나 이념이 효력을 발휘하려면, 이를 쏘아 올릴 수 있어야 한다. 이념을 행동에 옮겨야 한다. 그런데 하늘에 떠도는 말벌이 마음속의 또 다른 말벌을 일깨운다. 오늘 아침자 《타임스》에서 말벌 한 마리가 윙윙거렸다. "여자들은 정치에 관해 할 말이 없다."라고 어떤 여자가 말한 것이다. 내각에 여자는 단 한 명도 없고 책임이 막중한 직책에도 마찬가지다. 이념을 실행에 옮길 직책을 가진 사람은 전부 남자다. 이런 생각이 들면 사고 활동이 무뎌지고 무책임감이 조장된다. 베개에 머리를 파묻고 귀를 틀어막고 이념을 만들려는 이 헛된 짓을 그만두는 편이 낫지 않을까? 각료들의 탁자나 회의실 탁자 외에도 다른 탁자들이 있다. 우리가 개인적 생각, 다탁에서의 생각이 헛수고로 보이기 때문에 포기한다면, 영국 청년에게 가치 있을지 모를 무기를 남기지 않는 게 되지 않을까? 우리의 능력으로 인해 모욕이나 경멸을 받을까 봐 우리의 무능을 강조하는 것이 아닐까? "나는 정신의 싸움을 중단하지 않겠다."라고 블레이크는 썼다. 정신의 싸움은 시류에 편승하는 것이 아니라 시류에 저항하는 사고를 뜻한다.

그 시류는 신속히 맹렬하게 흐른다. 그것은 확성기와 정치가들에게서 쏟아져 나오는 말의 홍수를 이룬다. 매일 그들은 우리가 자유로운 시민이고 자유를 지키기 위해 싸운다고 말한다. 이 시류가 젊은 항공병을 휘몰아 하늘 높이 데려가고 거기 구름들 사이에서 빙빙 돌게 한다. 여기 땅에서 방독면을 옆에 두고 지붕 밑에 몸을 숨기고 있는 우리의 임무는 가스 주머니에 구멍을 내고 진실의 씨앗을 찾는 일이다. 우리가 자유롭다는 말은 진실이 아니다. 오늘 밤 우리는 양쪽 다 포로다. 그는 총기를 옆에 둔 채 비행기에 갇혀 있고, 우리는 방독면을 옆에 둔 채 어둠 속에 누워 있다. 우리가 자유롭다면 야외에 나가거나 춤을 추거나 연극을 보거나 창가에 앉아 이야기를 나눌 것이다. 무엇이 우리를 가로막는 걸까? "히틀러!"라고 확성기는 한 목소리로 소리친다. 히틀러는 누구인가? 그는 어떤 존재인가? 공격적인 폭군이고 광적인 권력욕의 화신이라고 확성기는 말한다. 그를 파괴하라. 그러면 여러분은 자유로워질 것이다.

지금 윙윙 거리는 비행기 소리는 머리 위에 늘어진 나뭇가지를 톱질하는 소리처럼 들린다. 그 소리는 빙빙 돌면서 바로 집 위의 나뭇가지를 톱질하고 또 톱질한다. 또 다른 톱질 소리가 머릿속에서 울리기 시작한다. 오늘 아침에 《타임스》에서 레이디 애스터가 뱉은 말이다. "능력 있는 여자들은 남자들의 마음속에 있는 잠재의식적 히틀러주의에 옴짝달싹 못한다." 분명 우리는 옴짝달싹 못하고 있다. 오늘 밤 우리는 똑같이 포로 신세다. 비행기에 탄 영국 남자들과 침대에 숨어 있는 영국 여자들. 그러나 남자들이 생각을 멈춘다면 살해될 것이다. 우리도 그럴 것이다. 그러니 그들을 위해 생각을 해 보

자. 우리를 억누르는 잠재의식의 히틀러주의를 의식으로 끌어올리자. 그것은 침략의 욕망이고, 인간을 지배하고 노예로 만들려는 욕망이다. 어둠 속에서도 우리는 그것이 가시화되는 것을 볼 수 있다. 화염에 휩싸인 가게 창문을 볼 수 있다. 놀라서 응시하는 여자들, 화장한 여자와 정장 차림 여자, 입술과 손톱이 새빨간 여자들을 볼 수 있다. 그들은 노예를 만들려고 애쓰는 노예들이다. 우리가 노예 상태에서 스스로를 해방할 수 있으려면 남자들을 압제에서 해방해야 한다. 히틀러 같은 남자들은 노예에게서 태어났다.

폭탄이 떨어진다. 모든 창문이 덜거덕거리며 흔들린다. 대공포가 작동한다. 저기 언덕 위에 가을의 나뭇잎 색깔을 모방한 녹색과 갈색 끄나풀이 달린 그물 밑에 대포가 숨겨져 있다. 이제 대포들이 일제히 발사된다. 9시 라디오 뉴스에서 "마흔네 대의 적기가 한밤중에 격추되었고 그중 열 대는 대공포에 격추되었습니다."라고 방송할 것이다. 그런데 평화의 조건 중 하나는 무장 해제라고 라디오 스피커에서 흘러나온다. 미래에는 총기도, 육군도, 해군도, 공군도 없을 것이다. 청년들은 무기를 들고 싸우는 훈련을 받지 않을 것이다. 그런 말을 들으면 두뇌의 여러 방에서 또 다른 마음의 말벌이 깨어난다. 또 하나의 인용문이다.

진짜 적에 대항해 싸우고, 전혀 낯선 인간을 쏘아서 불멸의 명예와 영광을 얻고, 가슴팍을 메달과 훈장으로 뒤덮고 집에 돌아가는 것이야말로 내 최고의 희망이었다…… 이를 위해서 나는 지금까지의 생애를, 내가 받은 교육과 훈련과 모든 것을 바쳤다……

이는 지난 전쟁에 참전한 영국 청년의 말이었다. 이런 말에도 불구하고, 현재의 사상가들은 회담을 하고 종이에 "무장 해제"라고 씀으로써 필요한 일을 모두 끝낼 수 있다고 정직하게 믿는 것일까? 오셸로의 직업이 사라지더라도 그는 여전히 오셸로일 것이다. 하늘 높이 떠 있는 젊은 항공병은 확성기에서 나오는 소리에 휘둘릴 뿐 아니라 자기 내면의 목소리에 휘둘린다. 이는 아주 오래된 본능이고, 교육과 전통으로 육성되고 소중히 간직된 본능이다. 이런 본능을 갖고 있다고 그를 탓해야 할까? 정치가들이 회담에서 결정하고 명령한다고 해서 우리가 모성의 본능을 중단할 수 있을까? 만일 평화의 조건 가운데 "출산은 특별히 선정된 극소수 여성에게 한정된다."라는 조항이 꼭 필요한 조건으로 들어 있다면 우리는 순순히 따를 것인가? "모성의 본능은 여성의 영광이다. 그것을 위해서 나는 온 생애를, 교육과 훈련과 모든 것을 바쳤다……."라고 말해야 하지 않을까? 그러나 출산을 제한하고 모성을 억제하는 것이 인류를 위해, 세계의 평화를 위해 필요하다면 여자들은 그렇게 노력할 것이다. 남자들은 여자들을 도울 것이다. 그들은 출산을 거부한 여자들을 존경할 테고, 여자들에게 창조력을 발휘할 다른 기회를 제공할 것이다. 그것도 자유를 위한 우리 투쟁의 일부가 되어야 한다. 우리는 메달과 훈장에 대한 영국 청년들의 사랑을 뿌리째 뽑아내도록 도와야 한다. 싸움의 본능, 잠재의식의 히틀러주의를 자기 내면에서 극복하려고 애쓰는 자들을 위해 더 명예로운 활동을 만들어 내야 한다. 남자들에게 총기의 상실에 대한 보상을 해 주어야 한다.

머리 위의 톱질 소리가 커졌다. 탐조등 불빛이 모두 곤추세워져서 바로 이 지붕 위의 어딘가를 가리킨다. 언제라도 폭탄이 바로 이 방에 떨어질지 모른다. 일 초, 이 초, 삼 초, 사 초, 오 초, 육 초…… 순간이 지나간다. 폭탄은 떨어지지 않았 다. 하지만 초조하게 육 초가 지나는 동안 모든 사고가 멈추었 다. 무감각한 두려움 외에는 모든 감정이 멎어 버렸다. 못 하 나가 온 존재를 딱딱한 판자에 박아 버렸다. 공포와 증오는 그 러므로 아무것도 낳지 못하는 불모의 감정이다. 공포가 지나 면 당장 마음은 손을 내밀고 본능적으로 무언가를 창조하려 고 애쓰면서 스스로 회복한다. 방이 깜깜하기 때문에 마음은 오직 기억을 더듬음으로써 창조할 수 있다. 그것은 예전 8월 달들의 기억으로 뻗어 나간다. 바이로이트에서 바그너의 음 악을 듣고, 로마에서 캄파냐를 걸어 다니고, 런던에서 지낸 기 억들. 친구들의 목소리가 돌아온다. 시구들이 단편적으로 떠 오른다. 이런 생각들 각각은 기억 속에서조차 공포와 증오로 인한 무감각한 두려움보다 훨씬 더 긍정적이고 활기를 되찾 아 주고 마음을 치유하며 창조한다. 그러므로 영광과 무기를 잃어버린 청년에게 보상하려면 그가 창조적 감정에 접근하게 해 주어야 한다. 행복을 만들어야 한다. 그를 전투기에서 자유 롭게 해 주어야 한다. 그를 그의 감옥에서 끄집어내어 야외로 데려가야 한다. 그러나 만일 독일 청년과 이탈리아 청년이 노 예로 남아 있다면 영국 청년을 해방하더라도 무슨 소용이 있 을까?

연립 주택들을 가로질러 흔들리던 탐조등 불빛이 지금 전 투기를 찾아냈다. 그 불빛 속에서 방향을 돌리는 작은 은빛 곤 충이 여기 창문에서도 보인다. 대공포가 팝, 팝, 팝 날아간다. 그러더니 중단된다. 그 침입자는 언덕 너머에 추락했을 것이 다. 일전에 그런 조종사 한 명이 근처의 들판에 안전하게 착륙

한 적이 있다. 그는 자신을 포획한 사람들에게 꽤 유창한 영어로 "전투가 끝나서 정말 기쁩니다!"라고 말했다. 그러자 어느 영국 남자가 그에게 담배를 건네주었고, 어느 영국 여자는 차를 한 잔 건넸다. 이 일화는 우리가 한 남자를 전투기에서 해방할 수 있다면 그 씨앗이 전부다 돌밭에 떨어지는 것은 아니라는 사실을 보여 주는 듯하다. 그 씨앗은 풍성한 열매를 맺을지 모른다.

마침내 모든 총기가 발사를 멈추었다. 탐조등은 모두 꺼졌다. 한여름 밤의 자연스러운 어둠이 돌아왔다. 시골의 천진무구한 소리가 다시 들린다. 사과 한 알이 쿵 하고 땅에 떨어진다. 올빼미가 부엉부엉 나무들 사이로 날아다닌다. 옛 영국 작가의 말이 어렴풋이 떠오른다. "사냥꾼이 미국에서 깨어났다……" 미국에서 깨어난 사냥꾼들에게, 아직은 기관총 사격 소리에 잠을 설친 적이 없는 남자들과 여자들에게 이 단편적인 글을 보내도록 하자. 그들이 이 글을 너그럽게 자비롭게 다시 생각하고 어쩌면 도움이 되는 것으로 만들어 주리라 믿으며. 이제 어둠에 잠긴 절반의 세계에서 잠들 수 있도록.

위인들의 집

다행스럽게도 런던은 위인들의 저택으로 채워지고 있다. 국가를 위해 위인들의 집을 사들여 그들이 앉았던 의자나 사용한 컵, 그들의 우산과 서랍장을 온전히 보존해 온 덕분이다. 우리가 디킨스나 존슨, 칼라일과 키츠의 집을 찾아가는 것은 경박한 호기심에서가 아니다. 그들의 집에서 그들을 알 수 있기 때문이다. 사실 누구보다도 작가들은 자기 소유물에 더욱 지워지지 않는 흔적을 남기는 듯하다. 예술적 취향은 없을지 모르나 그들은 훨씬 희귀하고 흥미로운 재능을 갖고 있는 것 같다. 자신에게 적합한 집에 거처하는 능력, 탁자와 의자, 커튼과 카펫을 자신의 이미지로 만들어 내는 능력이다.

가령 칼라일 가족을 예로 들어 보자. 체인로 5번지에서 한 시간을 보내면 그의 전기를 다 읽을 때보다 훨씬 더 그 가족과 그들의 생활에 대해 잘 알 수 있다. 부엌으로 내려가 보라. 그러면 프루드[10]의 주목을 받지 못했지만 헤아릴 수 없이 중

---

10   J. A. Froude. 네 권으로 된 칼라일의 전기 『회상』을 쓴 작가

요한 사실을 단번에 알게 된다. 그 집에 수도가 설치되지 않았다는 점이다. 칼라일 가족은 물을 쓰려면 단 한 방울이라도 (그들은 광적으로 청결한 스코틀랜드인이었다.) 부엌에 있는 우물에서 손으로 펌프질해 끌어올려야 했다. 지금도 우물과 펌프, 차가운 물이 졸졸 흘러드는 돌로 깎은 물통이 남아 있다. 뜨거운 물로 목욕하려면 물을 끓이기 위해 주전자들을 올려놓았던 넓고 비효율적인 낡은 쇠살대도 남아 있다. 여기에 아주 좁고 깊은 노란색 양철 목욕통이 금 간 채 남아 있다. 이 목욕통을 채우려면 하녀가 우선 펌프질로 물을 긷고는, 끓인 물을 깡통 여러 개에 담아 지하실에서 3층까지 운반해야 했다.

물도, 전깃불도, 가스난로도 없고, 책들이 가득하고 석탄 연기가 자욱하며 사주식 침대와 마호가니 찬장이 있는 높다랗고 낡은 집, 당대의 가장 과민하고 까다로운 사람들 중 두 명이 살았던 그 집을 일 년 내내 건사한 것은 운 나쁜 하녀 한 명뿐이었다. 빅토리아 시대 중기에 그 집은 어쩔 도리 없는 전쟁터였다. 여름이나 겨울이나 하루도 빼놓지 않고 안주인과 하녀는 먼지와 추위에 맞서 청결과 온기를 유지하려고 고군분투했다. 널찍한 층계는 조각이 새겨져 있고 품위가 있지만 주석 깡통을 들고 다니느라 지쳐 버린 여자들의 발에 닳은 것 같다. 높은 천장에 널빤지가 붙어 있는 방들에서 펌프질 소리와 쓱쓱 문지르는 소리가 메아리치는 듯하다. 이 집의 목소리는(어느 집에나 목소리가 있다.) 펌프질하고 문질러 닦는 소리, 기침하고 신음하는 소리다. 높은 다락방의 채광창 밑에서 칼라일은 말총 의자에 앉아 역사서를 쓰느라 씨름하며 끙끙거렸다. 그동안 런던의 노란 빛줄기가 그의 원고에 떨어졌고 달가닥거리는 손풍금 소리와 거리 행상인들의 거친 고함이 벽으로 스며들어 왔다. 이중으로 두꺼운 벽이 그 소리를 굴절시키기는 했어도 완전히 차단하지는 못했다. 그 집의 계절은 (어느 집에나 계절이 있으므로) 언제나 으스스한 냉기와 안개가 거리를 뒤덮고 횃불이 번쩍이며 덜컥거리는 마차바퀴 소리가 갑자기 커지다가 서서히 사라지는 2월인 듯하다. 2월이 지나면 또 2월이 이어지며 칼라일 부인은 커다란 사주식 침대에 누워 연달아 기침을 한다. 고동색 커튼이 달린 그 침대에서 그녀는 태어났다. 기침을 하다 보면 먼지와 냉기에 맞서는 끝없는 전투의 수많은 문젯거리가 떠올랐다. 말털로 채워진 긴 의자는 덮개를 새로 씌워야 한다. 검은색의 작은 무늬가 있는 응접실 벽지는 깨끗이 닦아야 한다. 벽판에 바른 노란 니스에 금이 가고 벗겨지고 있으므로 모두 자기 손으로 붙이고 씻고 문질러 윤을 내야 한다. 낡은 목재판에서 새끼를 낳고 또 낳는 벌레들을 전멸시킨 걸까 그러지 못했을까? 이런 생각으로 밤새 잠을 이루지 못하는 긴 시간이 지나갔다. 그러다 위층에서 칼라일이 움직이는 소리가 들리면 그녀는 숨을 죽였고, 헬렌이 일어나서 불을 피우고 칼라일의 면도 물을 데워 놓았을지 궁금해했다. 또 날이 밝아 왔으니 펌프질과 걸레질을 다시 시작해야 한다.

그러므로 체인로 5번지는 거주지라기보다는 전쟁터였고, 노동하고 애쓰며 끝없이 몸부림치는 현장이었다. 그 전투가 노력을 들일 가치가 있었음을 알려 주는 인생의 전리품은(그 삶의 우아하고 사치스러운 호사품은) 거의 남아 있지 않다. 응접실과 서재의 유물은 다른 전쟁터에서 수집된 유물과 마찬가지다. 여기 한 꾸러미의 낡은 강철 펜촉, 부서진 사기 파이프, 학생들이 사용하는 펜대, 이가 많이 빠진 흰색과 금색의 자기 찻

잔 몇 개. 말총 소파와 노란 양철 목욕통이 있다. 또한 여기서 일했던 마르고 쇠약한 손의 조각과 생을 마치고 여기 누웠던 칼라일의 몹시 시달리고 매료된 얼굴의 데스마스크도 있다. 집 뒤쪽의 정원도 휴식과 오락의 공간이 아니라 매장된 개의 무덤에 세워진 비석으로 표시된 또 하나의 작은 전쟁터였다. 물론 펌프질을 하고 문질러 닦음으로써 승리의 나날과 평화롭고 영예로운 저녁 시간을 얻었다. 초상화에서 볼 수 있듯이 칼라일 부인은 활활 타오르는 난롯가 가까이 끌어당긴 의자에 멋진 실크 드레스를 입고 앉아 있고, 볼품 있고 실속 있는 것을 다 갖추고 있었다. 그러나 그것을 얻기 위해 어떤 대가를 치렀던가! 부인의 뺨은 푹 꺼져 있다. 약간 다정하고 약간 고통스러운 눈빛에 쓰라림과 괴로움이 뒤섞여 있다. 지하실의 펌프와 3층의 노란 양철 목욕통이 그런 결과를 자아낸 것이다. 남편과 아내 둘 다 재능이 있었다. 그들은 서로를 사랑했다. 그러나 재능과 사랑이 득실거리는 벌레들과 양철 목욕통과 지하실의 펌프 앞에서 무슨 소용이 있었을까?

부동산업자들의 제안대로 체인로 5번지에 욕조, 냉온수, 침실의 가스난로, 온갖 현대식 편의시설, 실내 하수 설비가 갖춰져 있었더라면 그들의 말다툼은 절반쯤 줄었을 테고 그들의 생활은 무한히 감미로워졌으리라고 믿지 않을 수 없다. 하지만 닳아 버린 문지방을 건너면서 생각하건대, 온수 설비가 갖춰진 집의 칼라일은 칼라일이 아니었으리라. 칼라일 부인도 죽일 벌레가 없었으면 우리가 아는 사람과 달랐으리라.

칼라일 부부가 살았던 첼시의 집과 키츠와 브라운, 브론 가족이 공유했던 햄스테드의 집은 한 세대쯤 떨어져 있는 것 같다. 어느 집이나 그 나름의 목소리가 있고 어떤 장소이든 그 나름의 계절이 있다면, 체인로는 언제나 2월이듯이 햄스테드는 늘 봄이다. 또한 햄스테드는 어떤 기적이 일어난 것인지 현대 세계에 에워싸인 교외 주택이나 옛 가옥이 아니라 그 나름의 특성을 간직한 곳으로 남았다. 햄스테드는 돈을 벌거나 가진 돈을 쓰러 가는 곳이 아니다. 그곳에는 조심스러운 은거의 흔적이 박혀 있다. 그곳의 집들은 브라이튼의 바다를 향한 집들처럼 단정한 네모꼴에 내닫이창이 달려 있고 발코니와 접의자가 놓인 베란다가 있다. 그 집들의 양식과 용도는 수입이 그리 많지 않지만 약간의 여유가 있어 휴식과 오락을 찾는 사람들을 위해 고안된 듯하다. 주조를 이루는 연분홍색과 푸른색은 푸른 바다와 흰 모래와 조화를 이룬다. 그렇지만 대도시에 인접해 있음을 분명히 드러내는 세련된 도시풍 양식도 있다. 20세기가 되었어도 햄스테드의 교외에는 평온함이 여전히 배어 있다. 내닫이창에서는 지금도 골짜기와 나무들, 연못과 짖어 대는 개, 팔짱을 끼고 한가로이 거닐다가 여기 언덕 꼭대기에서 걸음을 멈추고 멀리 런던의 돔과 뾰족탑 들을 바라보는 커플들이 내다보인다. 키츠가 여기 살던 시절에 사람들이 한가로이 거닐다가 걸음을 멈추고 바라보았듯이. 키츠는 오솔길 위쪽으로 나무 울타리가 둘러진 작고 하얀 집에서 살았다. 그가 살았던 날들 이후로 그리 달라진 것이 없다. 그러나 키츠가 살던 집에 들어섰을 때 어쩐지 애도의 그림자가 정원에 드리워지는 듯했다. 쓰러진 나무 한 그루가 버팀목 위에 괴어져 있었다. 흔들리는 나뭇가지 그림자가 그 집의 평평한 흰 벽에서 위아래로 흔들렸다. 이웃의 흥겹고 평온한 분위기와 아랑곳없이 여기에서는 나이팅게일의 울음소리가 들렸다. 바로 여기에 열병과 고뇌가 머물렀고, 그는 곧 다가올 죽음과 덧없이 짧은 인생, 사랑의 열정과 그 고통을 의식하며 짓눌린 마음으로 이 작은 잔디밭을 서성였다.

하지만 키츠가 자기 집에 남긴 흔적이 있다면 열병이 아니라 정연함과 절제에서 비롯된 명료성과 기품이다. 방들은 작지만 모양새가 좋다. 아래층의 긴 창문들은 너무 커서 벽의 절반쯤이 빛을 들인다. 창가에 붙어 있는 의자 두 개를 보면 누군가 거기서 책을 읽다가 방금 일어나 나간 것 같다. 늘어진 나뭇잎이 산들바람에 흔들리면서 책 읽던 사람의 형체를 그늘과 햇살로 얼룩지게 했을 것이다. 그의 발치에서 새들이 깡충깡충 뛰어다녔을 것이다. 의자 두 개를 제외하면 방은 텅 비어 있다. 키츠는 가진 것이 거의 없었고 가구도 없었으며, 가진 책도 150권을 넘지 않는다고 말했다. 방들이 이렇게 텅 비어 있고 의자나 탁자가 아니라 빛과 그림자로 어우러져 있기에, 수많은 사람들이 살아왔을 이곳에서 우리는 사람을 생각하지 않는다. 장면들을 상상하지 않는다. 여기서 사람들이 먹고 마시고 들락거리고 가방을 내려놓고 꾸러미를 남기고 문질러 닦고 빨래하고 먼지와 무질서와 전투를 벌이고 물통을 지하실에서 침실로 운반했으리라는 생각이 떠오르지 않는다. 인생의 모든 소통이 침묵한다. 이 집의 목소리는 바람에 쓸려가는 나뭇잎과 정원에서 흔들리는 나뭇가지들의 소리다. 단 하나의 존재, 키츠의 영혼이 여기 머물고 있다. 벽마다 그의 초상화가 걸려 있지만 그는 육신도, 발소리도 없이 광대한 빛줄기에 실려 소리 없이 오는 듯하다. 여기 창가의 의자에 앉아서 그는 미동도 없이 귀를 기울였다. 흠칫 놀라는 일 없이 보았고 그의 시간이 아주 짧았어도 서두르지 않고 페이지를 넘겼다.

이 집에는 영웅적인 평정한 분위기가 감돈다. 키츠가 젊은 나이에 무명의 존재로 망명 생활을 하다가 죽었음을 상기시켜 주는 데스마스크와 쉽게 부서지는 노란 화환과 다른 소름끼치는 기념물이 있음에도 그러하다. 창밖에는 삶이 지속된다. 이 고요와 나뭇잎들의 바삭거림 뒤로 멀리서 달각거리는 바퀴 소리와 연못에서 막대기를 물고 달려오는 개들이 짖어 대는 소리가 들려온다. 나무 울타리 밖에서는 삶이 이어진다. 나이팅게일이 노래하는 잔디밭과 나무들을 뒤로하고 대문을 닫았을 때 바로 옆집에 고기를 배달하러 작고 붉은 화물 자동차를 몰고 온 정육점 주인과 마주친 것은 꽤 적절하다. 성급한 운전자 때문에 차에 치이지 않으려고 조심하며 길을 건너면(이 넓은 도로에서 무서운 속도로 달리는 이들이 있으므로) 언덕 꼭대기에 이를 테고 저 아래 누워 있는 런던 전역이 눈에 들어올 것이다. 그 풍경은 어느 시간대나, 어떤 계절에나 상관없이 영원히 매혹적이다. 런던 전체가 보인다. 눈에 띄는 돔들과 그곳을 수호하는 성당들, 굴뚝과 첨탑, 기중기와 가스탱크, 그리고 봄에도 가을에도 바람에 휩쓸려가지 않고 늘 연기가 끼어 있는 런던의 혼잡하고 평행선들이 달리고 조밀하게 짜인 풍경이다. 런던은 아득한 옛날에 그곳에 자리 잡아 거기 펼쳐진 땅에 점점 깊이 상처를 냈고, 그곳을 더욱 어수선하게 부풀려 소란스럽게 만들었고, 영원히 지울 수 없는 흉터로 낙인을 찍었다. 저기 런던은 겹겹이, 층층이 꽉 차서 자욱하게 피어올라 늘 작은 첨탑에 걸리는 연기 덩어리에 싸여 있다. 하지만 팔러먼트힐에서는 그 너머의 시골도 보인다. 더 멀리 떨어진 언덕의 숲에서는 새들이 노래하고, 담비나 토끼가 죽음 같은 정적 속에서 앞발을 들고 서서 나뭇잎들의 바스락 소리를 골똘히 듣는다. 이 언덕에서 런던을 바라보려고 키츠가, 콜리지와 셰익스피어가 올라왔을 것이다. 지금 이 순간 여기에는 평범한 청년이 평범한 아가씨를 꼭 껴안고 철제 벤치에 앉아 있다.

집안의 철학자 레슬리 스티븐: 딸의 회상

자녀들이 커 갈 때는 아버지 인생에서 전성시대가 이미 지나간 다음이었다. 아버지가 강과 산을 탐험하며 이룬 위업은 자녀들이 태어나기 전에 있던 일이었다. 그 위업의 유물은 집안 곳곳에서 눈에 띄었다. 서재의 벽난로 위에 은배가 놓여 있고, 녹슨 등산용 지팡이가 구석의 책장에 기대 있었다. 인생의 마지막 나날에 이르기까지 아버지는 위대한 등산가와 탐험가 들에 대해서 찬탄과 질투가 섞인 묘한 감정으로 이야기를 해주곤 했다. 그러나 자신이 활동적이던 시절은 지나갔기에 아버지는 스위스의 골짜기에서 빈둥거리거나 콘월의 습지를 한가롭게 거니는 것으로 만족해야 했다.

아버지가 '빈둥거리다'와 '거닐다'라는 단어를 쓸 때 그것이 다른 사람들의 쓰임새와 달리 각별한 의미가 있다는 것은 아버지의 친구 몇 분이 그것에 대한 의견을 밝힌 후에 명백해졌다. 아버지는 아침 식사 후 혼자서, 혹은 동무 한 명과 출발하곤 했다. 그러고는 정찬 시간 직전에 돌아왔다. 도보 여행이 만족스러웠으면 아버지는 큰 지도를 꺼내 놓고 새 지름길을 기념하여 붉은 잉크로 표시하곤 했다. 아버지는 벗에게 한두 단어 이상 말도 건네지 않으면서 온종일 습지를 성큼성큼 걸어 다닐 수 있는 것 같았다. 그 즈음 아버지는 이미 『18세기 영국 사상사』를 집필했고(어떤 사람들은 이 책이 아버지의 걸작이라고 말했다.) 『윤리학』을 집필했으며(아버지에게 가장 흥미로운 책이었다.) 『유럽의 놀이터』를 집필했다.(「몽블랑의 일몰」이 포함된 이 책이 아버지의 생각으로는 자신의 저서 중 최고였다.)

아버지는 여전히 매일 체계적으로 글을 썼다. 그렇지만 한 번에 장시간 지속되는 일은 없었다. 런던에 있을 때는 꼭대기 층에 긴 창문이 세 개 달린 큰 방에서 썼다. 그는 나지막한 흔들의자에 눕다시피 한 자세로 글을 썼는데 그러면서 흔들의자를 살짝 건드려서 요람처럼 앞뒤로 흔들리게 했다. 아버지는 글을 쓰면서 짤막한 사기 파이프로 담배를 피웠고, 주위에 흩어진 책들에 에워싸여 있었다. 바닥에 책이 떨어지며 툭 소리가 나면 아래층 방에서도 들을 수 있었다. 아버지는 서재에 가느라 확고하고 규칙적인 걸음으로 층계를 오르면서 불쑥 소리를 지르곤 했다. 음악에 대한 소질이 전혀 없었으므로 노래를 부른 것은 아니고, 온갖 종류의 시를 기묘한 운율로 읊조렸던 거다. 그가 "순전히 쓰레기"라고 부른 시도 있고, 기억에 박혀 있는 밀턴과 워즈워드의 더없이 숭고한 시구도 있었다. 그는 걷거나 올라가다 보면 제일 먼저 떠오르거나 기분에 맞는 시구를 읊도록 감흥이 이는 것 같았다.

하지만 자녀들이 아버지를 쫄쫄 따라서 오솔길을 걷거나 아버지의 책을 읽을 나이가 되기 전에 큰 기쁨을 느꼈던 것은 아버지의 정교한 손재주였다. 아버지가 종이를 접어 가위를 대면 코나 뿔, 꼬리 모양을 정교하고 정확하게 갖춘 코끼리나 수사슴, 원숭이가 떨어져 나오곤 했다. 또한 아버지는 연필을 들고 동물들을 수없이 그리곤 했다. 이 재주는 책을 읽으면서 거의 무의식적으로 익힌 터라서, 그의 책 공백에는 올빼미와 당나귀들이 우글거렸다. 그 그림들은 그가 성마르게 여백에 휘갈겨 쓴 "오, 멍청한 당나귀!"라든가 "우쭐대는 머저리" 같은 논평을 예시하는 것 같았다. 보다 온건하게 절제된 진술로 이루어진 그의 에세이의 싹을 이런 간결한 논평에서 찾아볼 수도 있을 텐데, 그것은 그가 말하는 방식의 특징을 연상시킨다. 아버지는 그의 친구들이 증언했듯이 아주 긴 침묵을 지킬 수 있었다. 그러다 파이프 담배를 피우며 연기를 내뿜는 사이에 나지막한 목소리로 갑자기 툭 내뱉는 그의 말은 대단히 효과적이었다. 때로는 한 단어로(다만 그 한 단어에 손짓이 덧붙여졌다.) 그는 자신의 과묵함이 끌어낸 듯한 과장된 말투성이를 치워 버리곤 했다. "런던에만도 결혼하지 않은 여자가 4000만 명이 있어요!"라고 레이디 리치가 그에게 말한 적이 있다. "오, 애니, 애니!" 아버지는 어처구니가 없지만 다정하게 꾸짖는 어조로 소리쳤다. 하지만 레이디 리치는 질책을 받는 것이 재미있는 양 다음번에 왔을 때는 그 숫자를 더 올렸다.

아버지가 아이들을 즐겁게 해 주려고 들려준 알프스 모험담(하지만 안내인의 말을 따르지 않는 정도로 너무 어리석게 굴 때만 사고가 난다고 아버지는 설명하곤 했다.)이나 긴 원정에 대한 이야기(한번은 무더운 날에 케임브리지에서 런던까지 걸어간 후에 "유감스러운 말이지만, 내 몸에 좋지 않을 정도로 많이 마셨지."라고 말했다.)들은 아주 간결했지만 신기하게도 그 장면을 뇌리에 강하게 새겨놓는 힘이 있었다. 아버지가 말하지 않은 것들은 늘 거기 배경에 숨어 있었다. 마찬가지로 아버지는 과거의 일화를 애기하는 경우가 거의 없었고 사실을 정확히 기억하지 못했지만, 어떤 사람에 대해 묘사할 때는(아버지는 유명한 사람이든 무명의 사람이든 많은 사람을 알고 있었다.) 그 사람에 대한 자기 생각을 두세 단어로 정확하게 전하곤 했다. 그리고 아버지의 생각이 다른 사람들과 정반대일 수도 있었다. 아버지는 공인된 평판을 뒤엎고 관습적인 가치를 무시하는 버릇이 있었는데, 그것이 다른 사람들을 당황시키고 때로 마음을 상하게 할 수도 있었다. 그렇지만 자신에게 진실하게 보이는 감정을 아버지만큼 존중하는 사람도 없었다. 아버지가 갑자기 빛나는 푸른 눈을 뜨고, 넋이 나간 상태에서 깨어나 자기 의견을 제시할 때면, 무시하기 힘들었다. 그 습관은 그 나름의 불편을 야기했는데, 특히 귀가 먹어서 자기 의견이 들리지 않는다는 사실을 깨닫지 못했을 때 그러했다.

"나는 사람들에 대한 싫증을 아주 쉽게 느낀다."라고 아버지는 늘 그러듯 정직하게 썼다. 대가족이 생활하는 집에서 불가피한 일이지만, 어떤 손님이 찾아와서 차를 함께 마실 뿐 아니라 정찬까지 머물려는 조짐을 보이면 아버지는 우선 머리칼을 한 줌 잡아 꼬았다가 풀면서 고뇌를 표현하곤 했다. 그러다가 버럭 소리를 질렀는데 자신에게 하는 말이기도 하고 하늘의 신들에게 하소연하는 말이기도 했지만 꽤 잘 들렸다. "아니, 왜 가지 않는 거지? 왜 가지 못하는 거야?" 하지만 그의 단순한 성품이 너무 매력적이라서(그는 "지루한 사람들은 지상의 소금이다."라고 또한 진실하게 말하지 않았던가?) 그 지루한 사람들은 돌아가는 일이 거의 없었고, 혹시 돌아갔다가도 그를 용서하고 다시 왔다.

아버지의 침묵에 관해서는 어쩌면 너무 많은 언급이 있

었을 것이다. 그의 과묵함은 지나치게 강조되었다. 아버지는 명료한 사고를 좋아했고, 감상과 감정 분출을 싫어했다. 그렇다고 해서 그가 냉정하고 비정하거나, 일상생활에서 늘 비판적으로 단죄했다는 뜻은 아니다. 오히려 강렬한 감정을 느끼고 자기 감정을 힘차게 표현하는 능력이 있는 만큼 그는 이따금 무시무시한 벗이 되기도 했다. 가령 어느 부인이 자신의 콘월 여행을 망치고 있는 여름철의 장마에 대해 불평했다. 하지만 아버지에게(스스로를 민주주의자라고 부른 적은 단 한 번도 없었지만) 장맛비는 농작물이 쓰러지고 가난한 사람이 망하는 것을 뜻했다. 아버지가 자신의 공감을 (부인에 대한 공감이 아니라) 아주 열렬히 표현하는 바람에 부인은 심란해했다. 그는 등반가와 탐험가에 대한 존중심을 농부와 어부에 대해서도 똑같이 느꼈다. 또한 아버지는 애국심에 대해 언급한 적이 거의 없었지만, 남아프리카 전쟁이 벌어지는 동안(모든 전쟁이 그에게는 가증스럽기 그지없었다.) 전장의 총소리가 들린다고 생각하며 잠을 이루지 못했다. 또한 자식이 사고를 당해 불구가 되거나 죽지 않은 이상 정찬 시간에 늦게 나타나는 것은 그의 이성이나 차가운 상식으로 도저히 납득할 수 없는 일이었다. 또한 아버지는 은행 잔고가 아주 풍부하게 남아 있어야 한다고 주장하며 열심히 계산했지만, 수표에 서명할 때 우리 가족이 아버지 표현대로 "무모한 짓을 저질러 파산"에 이르는 것이 아니라는 사실을 납득할 수 없었다. 아버지가 고령, 파산 법정, 윔블던의 작은 집에서(아버지는 윔블던에 아주 작은 집을 소유하고 있었다.) 대가족을 부양해야 하는 파산한 문인을 그려 낸 이미지들은, 그의 절제된 표현을 불평하는 사람들에게 아버지가 내키면 과장된 표현도 잘한다는 사실을 확인시킬 수 있다.

하지만 불합리한 기분은 신속히 사라졌다는 사실에서도 증명되듯이 그리 깊지 않은 것이었다. 수표책을 닫으면 윔블던과 구빈원은 잊혔다. 어떤 우스운 생각이 떠올라 아버지는 빙그레 웃었다. 그러고는 모자와 지팡이를 집어들고 개와 딸을 불러 켄싱턴 가든으로 성큼성큼 걸어갔다. 어린 시절에 그는 그곳을 산책했고 형 피츠제임스와 함께 젊은 빅토리아 여왕에게 아름답게 절을 했고 여왕은 그들에게 무릎을 굽혀 절했었다. 그곳에서 서펀타인 연못을 돌아 하이드파크 코너로 걸어갔는데, 거기서 오래전에 그 위대한 공작에게 인사를 했었다. 그러고 나면 그는 집으로 돌아왔다. 그럴 때의 그는 조금도 무시무시하지 않았다. 그는 매우 소박했고 매우 쉽게 사람을 신뢰했다. 그의 침묵은 라운드 폰드에서 마블 아치까지 이어지기도 했지만, 그가 생각을 반쯤 소리 내어 말하는 듯이 신기하게도 그의 침묵은 시와 철학과 그가 아는 사람들에 대한 의미로 가득 차 있었다.

아버지 자신은 누구보다도 금욕적인 사람이었다. 그는 파이프 담배를 끊임없이 피웠지만 시거는 절대 피우지 않았다. 옷은 너무 낡아 웬만큼 봐 줄 수 없을 때까지 입었다. 사치를 부리는 죄와 게으름을 피우는 죄에 대해서 구식의 다소 청교도적 관념을 갖고 있었다. 오늘날 부모 자식 간의 자유로운 관계는 아버지에게 용납될 수 없었을 것이다. 아버지는 가정 생활에서 어느 수준의 품행과 격식을 지킬 것을 요구했다. 하지만 자유가 자기 나름대로 생각하고 자신이 추구하는 바를 따를 권리를 뜻한다면, 아버지만큼 자유를 존중하고 자유를 완벽하게 요구한 사람도 없었다. 그의 아들들은, 육군과 해군을 제외하고, 스스로 선택한 직업을 따라야 했다. 그의 딸들도,

비록 여성의 고등 교육에 대한 그의 관심은 꽤 부족했지만, 똑같은 자유를 누려야 했다. 어느 순간에 그가 딸이 담배를 피운다고 신랄하게 질책했더라도(여성이 담배를 피우는 것은 그가 보기에 근사한 습관이 아니었다.) 그 딸이 화가가 되어도 좋을지를 물어보기만 하면 당장 아버지는 그녀가 자기 일을 진지하게 생각하는 한 힘닿는 대로 돕겠다고 확언했다. 그림을 특별히 좋아하는 것은 아니었지만 아버지는 자신의 말을 지켰다. 그런 종류의 자유엔 담배 수천 개비의 가치가 있다.

　문학이라는 어쩌면 더 어려운 문제에서도 마찬가지였다. 오늘날에도 열다섯 살의 딸에게 무삭제판 책들이 즐비한 큰 서재를 마음대로 이용하도록 허락하는 것이 현명한 일일지 의심하는 부모들이 있을 것이다. 그러나 아버지는 그것을 허락했다. 어떤 사실들이 있는데 ── 아주 간결하게, 몹시 부끄러워하며, 아버지는 그것에 대해 언급했다. 하지만 "네가 좋아하는 것을 읽어라."라고 아버지는 말했다. 그래서 나는 아버지가 "지저분하고 무가치한" 책이라고 부르기는 했지만 분명 아주 다양하고 수많은 아버지의 책을 요청하지 않고도 손에 넣을 수 있었다. 좋아하는 책을 좋아하기 때문에 읽는 것, 찬탄하지 않는 책을 찬탄하는 척하지 않는 것 ── 이것이 독서에 있어서 아버지가 가르친 유일한 교훈이었다. 되도록 적은 단어로, 되도록 명료하게 의도하는 바를 정확히 쓰는 것 ── 이것이 글쓰기에 있어서의 유일한 교훈이었다. 나머지는 스스로 배워야 한다. 하지만 그 교훈이 학식과 경험이 풍부한 사람의 가르침이라는 것을 느끼지 못했다면 아주 철없는 어린애였을 것이다. 아버지는 자기 견해를 강요한 적도 없고 지식을 과시한 적도 없었지만 말이다. 아버지의 옷을 재단했던 양복쟁이가 자기 가게를 지나 본드 거리를 따라 올라가는 아버지를 보면서 "좋은 옷을 입고 있으면서도 그것을 알지 못하는 신사분이 저기 가시는군."이라고 말했다고 한다.

말년에 고독해지고 귀가 완전히 멀게 되면서 아버지는 때로 자신이 작가로서 실패작이라고 말하곤 했다. 자신은 "이것저것 두루두루 잘했지만 특출하게 잘한 것이 없다."라는 것이었다. 그렇지만 작가로서 실패했든 성공했든 아버지는 벗들의 마음에 자신을 뚜렷이 각인했다고 믿을 수 있다. 메러디스는 젊은 시절의 아버지를 보고 "단식하는 수도사로 변한 태양신 아폴로"라고 생각했다. 여러 해 후에 토머스 하디는 슈레크호른 산의 "여위고 고적한 사람"을 보며 생각했다.

그는
목숨을 걸고 수족의 위험을 무릅쓰며 그 산의 첨봉에 기어올랐지,
그 진기한 어둠과 예리한 빛, 강인한 성격에서
어쩌면 자기 성품을 닮은
어렴풋한 상상의 존재에 이끌려.

하지만 아버지가 가장 소중히 여겼을 찬사는(불가지론자였지만 누구보다 인간관계의 가치를 믿었으므로) 돌아가신 후에 메러디스가 바친 것이었다. "네 아버님은, 내가 알기로 네 어머니와 결혼할 가치가 있는 유일한 남자였단다." 로웰은 아버지를 "가장 사랑스러운 남자"라고 말함으로써, 오랜 세월이 지난 후에도 아버지를 잊을 수 없게 하는 자질을 가장 잘 묘사했다.

런던내기의 초상

진짜 런던내기를 단 한 명도 알지 못한다면, 상점과 극장에서 멀리 떨어진 골목길에 들어서서 주택이 늘어선 거리의 개인 집 문을 노크할 수 없다면, 런던을 안다고 말할 수 없다.

런던의 개인 주택은 얼추 비슷하다. 문을 열면 어둑한 현관이 있고, 그 어두운 현관에서 좁은 층계가 시작된다. 층계참에 이르면 이중 응접실이 있고, 이 이중 응접실의 활활 타오르는 벽난로 양쪽으로 소파가 두 개 있고 안락의자가 여섯 개 놓여 있으며 거리 쪽으로 긴 창문이 세 개 나 있다. 다른 집들의 정원이 내려다보이는 뒤쪽 응접실에서 무슨 일이 일어나는지는 추측해 봐야 할 문제다. 그러나 여기서 우리가 관심을 둔 곳은 앞쪽 응접실이다. 크로 부인은 늘 이 응접실의 난롯가 안락의자에 앉기 때문이다. 여기서 그녀는 살아 왔다. 여기서 그녀는 차를 따랐다.

그녀가 시골에서 태어났다는 것은 이상해 보이기는 하지만 사실인 듯하다. 런던이 런던답지 않은 여름철의 몇 주간 그녀가 어쩌다 런던을 떠나 있는 것도 사실이다. 그러나 그녀가 런던을 벗어나서 그녀의 의자가 비어 있고 그녀의 난로에 불이 꺼지고 그녀의 식탁이 차려지지 않을 때 그녀가 어디에 가서 무엇을 하는지는 누구도 알지 못하고 상상하기도 어려웠다. 아무리 엉뚱한 상상력을 발휘하더라도, 검은 드레스 차림에 베일을 두르고 모자를 쓴 크로 부인이 들판의 순무 밭을 거닐거나 암소들이 풀 뜯는 언덕을 오르는 모습을 그려 볼 수는 없다.

겨울에는 그 응접실의 난롯가에서, 여름에는 창가에서 그는 육십 년간 앉아 있었다. 그렇지만 혼자는 아니었다. 늘 맞은편 안락의자에 손님이 앉아 있었다. 첫 번째 방문객이 의자에 앉고 십 분도 채 지나지 않아 현관문이 열렸다. 육십 년간 그 문을 열어 준 퉁방울눈에 뻐드렁니가 난 하녀 마리아가 다시금 문을 열었고 두 번째 손님이 왔다고 알려 주었다. 이내 마리아는 세 번째 손님과 네 번째 손님의 도착을 알렸다.

크로 부인이 손님과 단둘이 마주 앉는 경우는 없었다. 그녀는 친밀한 만남을 싫어했다. 그녀가 누구와도 특별히 친한 적이 없었다는 것은 많은 안주인들이 공유하는 한 가지 특성이었다. 가령 구석의 장식장 옆에는 늘 나이 든 남자가 앉아 있는데, 그는 그 감탄스러운 18세기 장식장의 놋쇠 고리처럼 그 가구의 일부로 보였다. 그러나 그는 존이나 윌리엄이 아니라 늘 그레이엄이라고 불렸다. 때로 부인은 "친애하는 그레이엄"이라고 부르면서 그를 육십 년간 알아온 지인으로 인정하는 듯했다.

사실 부인은 친밀함을 원하지 않았다. 그녀는 대화를 원했다. 친밀함은 흔히 침묵을 낳게 되어 있는데, 그녀는 침묵을 혐오했다. 이야기가 있어야 하고, 그 이야기는 여러 사람이 나누는 것이어야 하며, 온갖 주제에 관한 이야기여야 한다. 너무 깊이 파고들어서는 안 되고, 너무 기발해서도 안 된다. 어느 방향으로든 너무 멀리 나가면 누군가는 틀림없이 그 자리에 적합하지 않다고 느껴 찻잔을 똑바로 들고 앉아 입을 다물 것이기 때문이다.

그래서 크로 부인의 응접실은 회고록 작가들이 즐겨 묘사하는 유명한 살롱과는 공통점이 거의 없었다. 영리한 사람들도 종종 부인의 응접실에 왔다. 판사나 의사, 국회의원, 작가, 음악가, 여행가, 폴로 선수, 배우, 그리고 별 볼 일 없는 사람들도 왔다. 그러나 혹시라도 누군가 재기발랄한 말을 하면 이는 예의를 어긴 것으로 여겨졌다. 이는 갑자기 터져 나온 재채기나 머핀을 태워 버린 참사처럼 무시당하는 사고였다. 크로 부인이 좋아하고 널리 퍼뜨린 화제는 마을의 소문을 미화한 이야기였다. 그 마을은 런던이었고, 그 소문은 런던 생활에 관한 것이었다. 그러나 크로 부인은 그 방대한 대도시를 교회 하나에 대저택 하나, 스물다섯 채의 오두막이 있는 마을처럼 작은 곳으로 만드는 놀라운 재주가 있었다. 그녀는 연극이나 미술전, 재판, 이혼 소송에 관한 직접 얻은 정보를 하나도 빠짐없이 확보했다. 누가 결혼하는지, 누가 죽어 가는지, 누가 런던에 있고 누가 런던을 떠났는지 알았다. 그녀는 레이디 움플비의 차가 지나가는 것을 방금 보았다고 말하고는 전날 밤에 아기를 낳은 딸을 찾아가는 것이라는 추측을 덧붙였다. 시골 아낙네가 런던에서 내려오기로 되어 있는 존을 만나러 역으로 마차를 몰고 가는 지주의 아내에 대해서 말하듯이.

이렇게 지난 오십 년가량 관찰해 왔으므로, 그녀는 다른 사람들의 인생에 관해 놀라울 정도로 많은 정보를 축적했다.

가령 스메들리가 딸이 아서 비첨과 약혼했다고 말했을 때 크로 부인은 그러면 그의 딸은 파이어브레이스 부인의 재종손이 되고 어떤 의미에서는 번스 부인(부인의 첫 남편이 블랙워터 그랜지의 민친 씨이었으므로)의 조카딸이 되겠다고 즉시 말했다. 그러나 크로 부인은 고상한 체하는 속물이 아니었다. 부인은 관계들을 수집했을 뿐이고, 이 부분에 놀라운 재주가 있어서 자신이 수집한 자료에 가족적, 가정적 성격을 부여했던 것이다. 놀랍게도, 사람들이 알지 못하고 있을 뿐이지 실은 이십촌 친척간인 사람들이 수없이 많기 때문이다.

그러므로 크로 부인의 집을 방문할 수 있다는 것은 어떤 클럽의 회원이 되는 거나 마찬가지고, 매년 회비로 수많은 소문을 내야 했다. 어느 집에 화재가 나거나 배관이 터지거나 하녀가 집사와 달아날 때 많은 사람들의 머릿속에 "크로 부인에게 알려야지."라는 생각이 제일 먼저 떠올랐다. 하지만 이럴 때도 차별 대우를 준수해야 했다. 어떤 사람들은 점심시간에 달려갈 권리가 있다. 다른 사람들은 5시부터 7시 사이에 갈 수 있었는데 이들의 숫자가 가장 많으리라. 크로 부인과 정찬을 함께하는 특권을 가진 무리는 아주 적었다. 부자가 아니었기 때문에 그녀가 실제로 함께 식사한 사람은 그레이엄과 버크 부인밖에 없었을 것이다. 그녀의 검은 드레스는 약간 낡았고 다이아몬드 브로치는 늘 똑같았다. 그녀가 좋아한 끼니는 오후의 다과였는데, 다탁을 알뜰하게 꾸릴 수 있기 때문이었다. 그리고 쾌활한 다과 시간은 사람들과 어울리기 좋아하는 그녀의 기질에도 잘 맞았다. 그렇지만 그녀의 드레스와 장신구가 그녀에게 완벽하게 어울리고 그 나름의 스타일을 갖고 있듯이 그녀가 제공하는 것은 점심 식사이든 차이든 독특한 성격을 갖고 있었다. 특별한 케이크나 특별한 푸딩이 나올 텐데, 그것은 그 집안의 독특한 것이고, 늙은 하녀 마리아와 옛 친구 그레이엄 혹은 의자의 낡은 친츠 커버나 바닥에 깔린 오래된 카펫처럼 그 집안의 중요한 일부였다.

크로 부인이 어쩌다 외출했고 다른 사람들의 점심 식사나 다과회에 이따금 초대받은 것은 사실이다. 그러나 사교 모임에서 부인은 그저 자신이 쌓아 온 정보를 완성하기 위해 필요한 뉴스 쪼가리를 얻으려고 결혼식이나 이브닝 파티, 장례식을 들여다보는 듯이 은밀하고 단편적이며 불완전하게 보였다. 그녀는 누가 뭐래도 자리에 앉지 않았다. 그녀는 언제나 날아갈 준비가 되어 있었다. 그녀는 다른 사람들의 의자와 식탁과 어울리지 않아 보였다. 온전히 자신이 되려면 그녀의 친츠 커버와 장식장 그리고 그 밑에 선 그레이엄이 있어야 했다. 세월이 흐르면서 그녀가 외부 세계를 살짝 침범하던 일도 사실상 중단되었다. 그녀가 자기 보금자리를 촘촘히 채워 완벽하게 만들었기에 외부 세계는 거기에 깃털 하나도, 나뭇가지 하나도 덧붙일 수 없었다. 더욱이 그녀의 벗들은 대단히 충실했기에 그녀의 수집물에 보탤 뉴스 쪼가리를 무엇이든 전달해 주리라고 믿을 수 있었다. 그녀는 겨울에는 난롯가에, 여름에는 창가에 놓인 자기 의자를 떠날 필요가 없었다. 세월이 흐르며 그녀의 지식이 심오해지지는 않았어도(심오함은 그녀의 관심 분야가 아니었다.) 더욱 많은 것을 아우르며 완벽해졌다. 그래서 새로 상연된 어떤 연극이 흥행에 성공하면 크로 부인은 바로 다음 날에 무대 뒤에서 흘러나온 재미있는 소문을 간간이 섞어서 그 사실을 알렸을 뿐 아니라 1880년대와 1890년대에 상연된 다른 연극들의 첫 공연을 회상하면서 엘런 테리가 어떤 옷을 입었는지, 듀스는 무엇을 했는지, 친애하는 헨리 제임스가 뭐라고 말했는지를 덧붙일 수 있었다. 그리 주목할 만한 얘기는 아니었을 것이다. 그러나 그녀가 말하는 동안 지난 오십 년간의 런던 생활이 한 장 한 장 펼쳐지고 부드럽게 뒤섞이며 즐겁게 해 주는 것 같았다. 낱장은 많았고, 그 위에 그려진 유명 인사들의 그림은 밝고 찬란했다. 하지만 크로 부인은 결코 과거에 머물지 않았다. 과거를 현재보다 높이 올려 놓는 일은 절대로 없었다.

사실 가장 중요한 것은 늘 마지막 장, 현재 순간이었다. 런던에서 즐거운 점은 런던이 늘 새로운 볼거리, 신선한 얘깃거리를 제공한다는 데 있다. 그러므로 눈을 뜨고 계속 살펴보고, 매일 5시에서 7시까지 자기 의자에 앉아 있기만 하면 된다. 자기를 둘러싼 손님들과 함께 앉아 있으면서 그녀는 이따금 마치 한 눈으로 거리를 지켜보고 한 귀로는 차 소리와 마차 소리, 창문 밑에서 외치는 신문팔이 소년의 고함을 듣는 듯이 창가에서 어깨너머로 새처럼 재빨리 흘끗 눈길을 돌릴 것이다. 자, 바로 이 순간에도 새로운 일이 일어날지 모른다. 과거에 너무 많은 시간을 할애할 수는 없다. 동시에 현재에 모든 관심을 쏟아서도 안 된다.

문이 열리고 이제는 아주 뚱뚱해지고 귀가 약간 먼 마리아가 새 손님이 왔음을 알려 줄 때 크로 부인이 하던 말을 중단하고 간절한 시선으로 올려다본 것은 무엇보다도 그녀답지만 약간 민망하기도 하다. 누가 들어올까? 그 사람은 대화에 무엇을 보태 줄까? 그러나 그들이 제공하려는 것을 이끌어 내는 그녀의 교묘한 솜씨와 그것을 공동의 저수지에 집어넣는 재주는 어떠한 해도 끼치지 않는다. 그 문이 너무 자주 열리지는 않았다는 것, 그 서클이 그녀가 지배할 수 있는 범위를 결코 넘어서지 않았다는 것은 그녀의 독특한 성취 일부다.

따라서 런던을 단지 멋진 광경이나 시장, 궁정, 산업의 중심지가 아니라 사람들이 만나서 얘기를 나누며 웃고 결혼하고 죽고 그림을 그리고 글을 쓰고 연기하고 통치하고 법률을 제정하는 곳으로서 알기 위해서는 크로 부인을 꼭 알아야 한다. 바로 그녀의 응접실에서 그 방대한 대도시의 무수한 단편들이 결합하여 활기차고 이해할 수 있고 재미있고 유쾌한 전체를 이룬다. 여러 해 떠나 있던 여행자들, 인도나 아프리카 등 먼 곳을 여행하고 야만인들과 호랑이들 사이에서 모험하다 방금 돌아온, 햇볕에 마른 지친 사람들이 조용한 거리의 작은 집으로 곧장 가면 단번에 문명의 중심으로 돌아올 수 있었다. 그렇지만 런던도 크로 부인을 영원히 살아 있게 할 수 없었다. 사실 어느 날 시계가 5시를 울렸을 때 크로 부인은 더 이상 안락의자에 앉아 있지 않았다. 마리아도 문을 열지 않았고, 그레이엄은 장식장 옆에서 떨어져 나왔다. 크로 부인은 죽었고, 런던은…… 아니, 런던은 지금도 존재하지만 다시는 똑같은 도시가 아닐 것이었다.

로저 프라이 추모 전시회

　　로저 프라이의 회화 전시회 개막 연설을 해 달라는 부탁을 받을 당시 나는 본능적으로 거절해야겠다고 생각했습니다. 회화 전시회의 개막은 화가나 회화 비평가가 맡아야 할 것 같았거든요. 그런데 다시 생각해 보니 로저 프라이 추모전이라는 이 특별한 전시회는 화가나 비평가가 아닌 사람이 개막 선언을 해도 적절하겠다 싶었지요. 로저 프라이는 그런 사람들, 즉 아웃사이더들이 그림을 보며 즐거워하도록 만드는데 누구보다도 큰 기여를 했기 때문입니다. 저 역시 그런 경험을 했고, 여기 계신 분들도 같은 경험을 하셨을 거라 말해도 틀리지 않겠지요. 일반적으로 말하면, 우리 같은 사람들에게 그림이란 그저 벽에 걸린 물체일 뿐입니다. 고요하고 불가해한 무늬이자 문 잠긴 보물 창고지요. 학식 있는 사람들은 그 앞에서 걸음을 멈추고 그것에 대해 강의하며 그 그림이 이 시대나 저 시대, 이 유파나 저 유파, 이 대가나 그의 제자 중 하나의 작품이라고 말합니다. 그러면 우리는 잠자코 굽실거리고 따분해하면서 느릿느릿 그들을 따라가지요. 그런데 갑자기 그 흐릿한 그림들이 빛과 색채를 반짝이기 시작했습니다. 그러자 우리의 안내자인 그 점잖은 교수님들은 논란과 말다툼을 벌였고 서로를 (내 기억이 옳다면) 거짓말쟁이와 사기꾼이라고 욕하기 시작하고 엄청난 중대사에 대해 논쟁하는 살아 있는 사람처럼 행동하기 시작했지요. 대체 무슨 일이 벌어진 걸까요? 고대 미술품이 전시된 조용한 미술관에 이 활기와 열띤 얼굴, 이 소동과 소음을 일으킨 것은 무엇일까요? 바로 로저 프라이가 도버 거리에서 후기 인상파 전시회를 연 사건입니다. 세잔과 고갱, 마티스와 피카소의 이름이 갑자기, 뭐랄까, 램지 맥도널드나 히틀러, 혹은 로이드 조지의 이름처럼 맹렬한 토론과 격렬한 옹호를 일으켰습니다. 꽤 오래전이었지요. 그 분쟁의 먼지는 가라앉았습니다. 그러나 동일한 그림들은 결코 벽으로 돌아가지 않았지요. 그 그림들은 더 이상 고요하지도, 점잖고 지루하지도 않습니다. 그것은 우리가 더불어 살아가며 바라보고 웃고 사랑하고 토론하는 대상이 되었습니다. 이런 변화를 일으킨 사람이 다름 아닌 로저 프라이였다고 말해도 타당합니다. 물론 그는 글과 강연을 통해서 그런 변화를 일으켰습니다. 여러분 중 많은 분들이 그의 책을 읽었고 그의 강연을 들었겠지요. 그가 미술의 근원에 대해 얼마나 깊은 통찰력을 보여 주었는지를 여러분은 내가 설명할 수 있는 바 이상으로 잘 아실 겁니다. 그가 환등기 앞에 서서 길고 흰 막대기를 들고 이 선이나 저 선을 가리키며 얼마나 세밀하게, 그림 속에 깊이 침잠해 있던 특징을 놀랍도록 새롭게 드러내어 표면에 끌어 올렸는지 아실 겁니다. 그래서 우리는 그 그림들을 새롭게 보게 되었지요. 그가 강연하는 동안 여러분은 그렇게 느꼈을 테고 지금도 다행히 그의 책에서 그것을 찾아낼 겁니다. 그런데 나는, 가능하다면 그가 강연에서 어떻게 그런 일을 했는지를 어렴풋이나마 알려 드리고 싶습니다.

작년 여름 어느 날 밤에 내가 깊은 인상을 받았던 일을 기억합니다. 어느 친구의 집에서 만났을 때 누군가 그에게 그림 한 장을 보여 주며 의견을 물었지요. 그것이 드가의 그림 원본인지 아니면 대단히 교묘한 모조품인지를 물어본 것이었습니다. 로저 프라이는 그림을 의자 위에 올려놓고 앉아서 바라보았지요. 그의 눈은 신중하게 감식하며 훑어보았습니다. 의심할 바 없이 훌륭한 그림이었고 드가의 서명이 있었으며 드가 특유의 화풍으로 그려져 있었지요. 그는 전체적으로 보아 드가의 작품이라고 생각하는 것 같았습니다. 그런데 무엇인가에 어리둥절했지요. 뭐라 딱 집어 말할 수는 없지만 그를 망설이게 만든 것이 있었던 겁니다. 잠시 쉬려는 듯이 그는 고개를 돌리고 그 방의 다른 구석에서 벌어지던 토론에 끼어들었습니다. 미학의 추상적 문제에 관한 난해한 토론이었지요. 그는 자기 의견을 주장했고 다른 사람들의 주장에 귀를 기울였습니다. 그렇지만 이따금 그의 시선은 그 그림으로 돌아가서 그것을 느끼고 맛보고 나름의 발견을 향해 탐험하는 듯이 보였지요. 그러더니 잠시 멈추었다가 갑자기 그가 고개를 들고 말했습니다. "아니, 아니오. 저건 드가의 작품이 아닙니다."

그때 나는 그를 그토록 위대한 비평가로 만든 과정을 일순간 언뜻 들여다본 느낌을 받았습니다. 그가 미술 이론에 관한 추상적인 주장을 펼치는 동안 그의 눈은 그 그림을 훑어보며 찾아낸 성과를 취합하고 있던 것이지요. 그러고 나서 통합하고 포괄적으로 파악한 순간에 이르자 그의 마음이 결정된 것입니다. "아니오, 저건 드가의 작품이 아닙니다."라고 그가 말했지요. 그렇지만 그 판단이 어떻게 이루어졌을까요? 내가 보기에는 두 가지 상이한 자질, 그의 이성과 감수성의 결합에 의해서였습니다. 이성을 가진 사람은 많습니다. 감수성을 가진 사람도 많지요. 그러나 둘 다 가진 사람은 적습니다. 그 두 가지가 조화를 이루며 작용할 수 있는 사람은 더욱 적습니다. 그런데 그는 그렇게 한 것입니다. 그는 이성적으로 추론하는 동안 그것을 보았고, 보는 동안에 추론했지요. 그는 극도로 예민한 동시에 결연하리만치 정직합니다. 이 진실성, 이 정직성이 한편으로 그의 퀘이커교도 혈통에서 유래한 것일까요? 아시다시피 그는 유명한 퀘이커 가문에서 태어났고, 나는 이 명석함, 이 냉철한 판단력, 현상 밑으로 그 기반까지 파들어 가는 이 투지가 퀘이커교도의 양육 방식에서 비롯된 자질이라고 때로 생각했습니다. 어떻든 그는 그저 느끼는 데 빠져들지 않습니다. 자기가 받은 인상을 점검하고 진실인지를 언제나 확인합니다. 다른 사람들의 견해를 (실로 그랬듯이) 뒤엎든지 자신의 견해를 바꾸든지 간에 그는 언제나 자신의 두뇌를 이용해서 자신의 감수성을 수정했습니다. 마찬가지로 중요한 것은, 그가 언제나 자신의 감수성을 통해 자신의 두뇌를 바로잡았다는 것이지요.

　이제 그에 관한 이야기에서 내가 계속 말해도 좋다고 그가 허락할지 의심스러운 부분에 이르렀습니다. 미술에 대한 그의 이해는 삶에 대한 이해에서 기인한 바가 크다고 말하고 싶지만 그가 상이한 것들을 뒤섞고 혼합하는 걸 싫어하는 사람임을 알기 때문이지요. 그는 왕립 미술원의 수많은 전시회를 강아지 그림이나 공작부인에 얽힌 일화의 그림으로 채웠던 허접함이나 모호함, 감상주의에 결연히 반대했습니다. 그는 회화를 모호하게 만들고 비평을 혼란시키는 스토리텔링의 분위기를 혐오했지요. 하지만 그의 비평이 뻣뻣하게 얼어붙지 않고 늘 성장하며 언제나 더 깊이 파고들고 더 많은 것을 포용하게 된 원인 하나는 그 자신이 삶의 아주 다양한 흐름을 헤치고 나아갔기 때문이라고 과감하게 말하겠습니다. 그는 관심사가 풍부하고 많은 것에 공감하는 사람이었습니다. 젊은 시절에 과학도로 훈련받았고 과학에 깊은 관심을 두었지요. 한편 시에서 끊이지 않는 기쁨을 얻었습니다. 프랑스 문학에 정통했지요. 그는 음악을 매우 사랑했습니다. 손가락으로 만지고 다루고 만들어 낼 수 있는 것이라면 무엇에든 매료되었습니다. 그는 옷감을 염색했고, 가구를 디자인했고, 부엌에 들어가서 요리사에게 오믈렛 만드는 법을 가르치기도 했습니다. 응접실에 들어가서는 안주인에게 꽃다발 묶는 법을 가르쳐 주었지요. 그림 감정가가 그의 의견을 들어보려고 그에게 그림을 가져왔듯이, 온갖 부류의 사람들이(그에게는 온갖 부류의 친구들이 있었지요.) 자신들의 인생을(우리가 수많은 기묘한 도안을 그리는 캔버스를) 그에게 가져가면 그는 그를 활기찬 비평가로 만든 그 희귀하게 혼합된 논리와 공감으로 그들의 혼란스러운 문제와 불행한 사건에 영향을 주곤 했습니다. 그는 그림을 다시 그리게 하듯이 인생을 다시 시작하게 했지요. 나도 상이한 것들을 혼합하고 싶지 않지만, 그래도 그의 내면에 수많은 관심사와 수많은 공감이 공존하고 있었기에 그의 가르침이 그토록 풍요롭고 신선했다고 생각합니다.

그러나 그의 비평이 흔히 보이는 비평과 달리 고정 관념의 반복이 되지 않았던 또 다른 이유가 있습니다. 그것은 물론 그가 늘 직접 그림을 그렸다는 것이지요. 그는 글보다 그림을 소중하게 여겼습니다. 오후에 빛이 스러져 어둑해질 때면 끙 끙거리며 글을 썼고, 합승마차 꼭대기나 3등 열차의 구석자리 에 앉아 글을 썼지요. 그러나 그림을 그리는 것은 자연스러운 본능이었고 기쁨이었습니다. 영국의 들판을 함께 거닐거나 차를 타고 이탈리아나 그리스의 시골길을 달리다가 그는 갑 자기 멈추고 돌아보곤 했지요. "지금 저것을 기록해야겠소." 그는 이렇게 말하고 연필과 종이를 꺼내서 즉석에서 대략적 인 스케치를 하곤 했습니다.

이 벽에 걸린 그림들 가운데 많은 것이 그 스케치의 결과 입니다. 그는 직접 그림을 그렸기 때문에 자신이 글에서 다룬 많은 문제들을 자기 붓으로 끊임없이 맞닥뜨려야 했지요. 그 는 그림을 그리는 데 얼마만 한 노고와 기쁨과 절망을 쏟아 부 어야 하는지를 직접 경험을 통해 알았습니다. 그에게 그림은 완성된 캔버스가 아니라 제작되고 있는 캔버스였지요. 때로 승리로 끝나지만 패배로 끝나는 경우가 더 많은 그 투쟁의 모 든 단계를 그는 매일매일의 전투를 통해 알았습니다. 직접 그 림을 그렸기 때문에, 회화 작업의 복잡한 과정을 극히 예리하 게 인식했습니다. 그런 연유로 내가 예술의 도덕성이라고 부 르는 것에 대해 지고한 기준을 갖고 있었지요. 그림을 잘 그 리는 것이 얼마나 어려운 일인지를 그는 누구보다도 잘 알았 습니다. 그렇지 못한 그림을 대중에게 속여 넘기는 것이 얼마 나 쉬운지를 누구보다도 잘 알았지요. 그런 까닭에 그의 비평 은 대단히 통렬하고 기지에 넘치며 눈속임과 가식을 폭로하 는 데 종종 대단히 신랄했던 것입니다. 또한 그런 까닭에 그의 비평은 작은 재능이라도 명예롭고 정직하게 사용한 예술가에 대한 존경과 찬탄으로 가득 차 있습니다.

그는 자기 그림에 결코 만족하지 못했을 거라고 나는 생각합니다. 그가 마땅히 누려야 할 성공을 결코 얻지 못했지요. 그랬더라도 그의 관심사와 활동은 전혀 영향을 받지 않았습니다. 그는 계속 그림을 그렸고, 계속 찢었고, 내던져 버리고는 다시 시작했지요. 그림에 대한 헌신은 세월이 흐르면서 점점 더 강렬해지는 듯했습니다. 그가 백 살까지 살았더라도 손에 붓을 들고 캔버스 앞에 앉아 있는 그를 보게 되었으리라고 나는 믿습니다.

그러므로 그는 여러분이 그의 그림들을 수집하여 전시한 것을 무엇보다도 좋아했을 겁니다. 이보다 흥미로운 질문을 불러일으킬 전시회는 없으니까요. 이 그림들을 보면서 우리는 화가가 비평가를 겸하는 것이 좋은 일인지 아니면 그것이 그의 창조력을 저해했는지 자문해 볼 수 있습니다. 화가가 자신의 재능을 온전히 발휘하기 위해서 어둑한 무지의 세계에 반쯤 침잠해서 살아야 할까요? 아니면 그 반대로 재능과 결합된 지식과 의식이 그를 더욱 과감하고 대담한 연구와 발견으로 이끌어 감으로써 그의 예술가적 생명을 연장하고 새로운 힘과 방향을 부여할까요? 영국의 다른 전시회에서와 달리 여기서는 그런 질문에 대답할 수 있습니다. 자기 예술의 문제에 대해 로저 프라이보다 잘 알거나 더 깊은 호기심과 더 큰 용기를 갖고 예술을 추구한 예술가는 없었다고 말해도 타당하겠지요.

그러나 지금 내가 언급한 문제들은 내 영역을 넘어선 것입니다. 그림 그 자체에 이르렀으니까요. 나는 로저 프라이의 그림에 대해 동료 화가나 동료 비평가가 평가하듯이 말할 수 없습니다. 그러나 아웃사이더로서 비전문적으로 말하건대 로저 프라이가 여기 있었다면 그의 전시회에 참석한 우리 모두를 똑같이 환영했으리라고 확신합니다. 우리의 직업이 무엇이든, 관심사가 무엇이든, 다만 열린 눈과 열린 마음을 갖고 즐기려는 기분으로 전시회에 오기를 요청했겠지요. 그는 예술에 대한 사랑이 대다수 사람들의 마음속에 살아 있다고 믿었습니다. 사람들이 그 사랑의 나래를 펼친다면 말이지요. 그는 예술에 대한 이해와 예술의 즐거움이 인생이 제공해야 할 가장 깊고 지속적인 기쁨에 속한다고 믿었습니다. 그렇다면 지금 나는 여러분에게 항해에 동참하기를 요청하고 있다는 느낌이 드는군요. 그가 위대한 지도자, 위대한 선장 중 한 명으로서 이끌어 가는 항해, 한 비범한 인간의 마음과 예술을 탐구하는 항해입니다. 이 전시회의 개막을 선언하며, 이에 큰 기쁨을 느낍니다.

로저 프라이가 그린 버지니아 울프(1917)

로저 프라이가 그린 버지니아 울프의 언니, 바네사 벨(1916)

여성의 직업

당신의 비서가 내게 여기 와 달라고 초청했을 때, 당신의 협회는 여성의 취업에 관심이 있다며 내 직업 경험에 대해 말해 주면 된다고 제안했습니다. 내가 여성인 것은 사실입니다. 내게 직업이 있는 것도 사실이지요. 그러나 어떤 직업 경험이 있는지는 말하기 어렵습니다. 내 직업은 문학인데, 다른 직업보다 문학에서는 무대에 오르는 배우를 제외하면 여성이 경험한 바가 적습니다. 다시 말해서 여성에게 고유한 경험은 적다는 뜻이지요. 왜냐하면 그 길은 오래전에 패니 버니와 애프라 벤, 해리엇 마티노, 제인 오스틴, 조지 엘리엇이 닦아 놓았기 때문입니다. 많은 유명한 여성과 더 많은 무명의 잊힌 여성이 내 앞에 존재했고 길을 평탄하게 닦고 내 걸음을 조절했습니다. 그러므로 내가 글을 쓰게 되었을 때는 나를 가로막는 방해물이 거의 없었지요. 글을 쓰는 일은 평판이 좋고 무해한 직업입니다. 펜을 휘갈긴다고 해서 가정의 평화가 깨지지는 않습니다. 가족의 자금을 축낼 일도 없지요. 10실링과 6펜스만 있으면 셰익스피어의 작품을 전부 쓸 종이를 살 수 있습니다.

그럴 마음이 있으면 말이지요. 작가는 피아노도, 모델도, 파리나 빈, 베를린도, 후견인이 되어 줄 안주인이나 바깥주인도 필요로 하지 않습니다. 여자들이 다른 직업에서보다 먼저 작가로 성공한 이유는 물론 종이가 저렴하기 때문이지요.

내 이야기를 하자면 간단합니다. 침실에서 펜을 잡고 있는 소녀를 그려 보기만 하면 됩니다. 그 아이는 10시부터 1시까지 펜을 왼쪽에서 오른쪽으로 옮기기만 하면 되었지요. 그러다가 아주 간단하고 돈도 별로 들지 않는 일이 생각났습니다. 글을 쓴 종이 몇 장을 봉투에 넣고 구석에 1페니 우표를 붙여서 길모퉁이의 붉은 우체통에 그 봉투를 넣는 것이지요. 그렇게 해서 나는 잡지 기고자가 되었습니다. 내 노력은 다음 달 첫날에 보상을 받았습니다. 편집인이 1파운드 10실링 6펜스라고 적힌 수표를 동봉한 편지를 보낸 것입니다. 내게는 의기양양한 날이었지요. 하지만 내가 전문직 여성이라고 불릴 자격이 얼마나 부족한지, 전문직 생활의 고투와 곤경을 얼마나 알지 못하는지를 알려 드리기 위해, 내가 그 돈으로 빵과 버터, 임대료, 구두와 스타킹, 혹은 정육점 계산서에 지불한 것이 아니라 밖에 나가서 고양이를 사 왔다는 것을 고백해야겠지요. 아름다운 페르시아 고양이였는데, 그 때문에 오래지 않아 나는 이웃들과 격렬한 논쟁에 휘말리게 되었습니다.

글을 써서 받은 보수로 페르시아 고양이를 사는 것보다 더 쉬운 일이 있을까요? 하지만 잠깐 기다리세요. 글은 무엇에 관한 것이어야 합니다. 내 글은 어느 유명한 남자의 소설에 관한 것이었다고 기억합니다. 그것을 쓰는 동안 책을 논평하려면 어떤 환영과 싸워야 한다는 것을 알게 되었습니다. 그 환영은 여자였지요. 그녀를 잘 알게 되었을 때, 나는 유명한 시 「집안의 천사」의 여주인공 이름을 그녀에게 붙여 주었습니다. 내가 논평을 쓸 때면 그녀가 나와 내 글 사이에 끼어들곤 했지요. 나를 성가시게 하고 시간을 허비시키면서 몹시 괴롭혔기에 마침내 나는 그녀를 죽였습니다. 더 젊고 더 행복한 세대에서 자라난 여러분은 그녀에 대해 들어 보지 못했을지 모릅니다. **집안의 천사**가 무엇인지 모를 수도 있겠지요. 가급적 간단하게 그녀를 묘사해 볼까요? 그녀는 강한 공감력을 갖고 있습니다. 대단히 매력적이지요. 지극히 이타적입니다. 가정 생활의 어려운 문제를 해결하는 솜씨가 탁월합니다. 매일매일 자신을 희생합니다. 닭고기가 나오면 다리를 집습니다. 외풍이 들어오는 곳이 있으면 그곳에 앉지요. 간단히 말해서 자기 나름의 마음이나 소망이 전혀 없고 언제나 다른 사람들의 마음이나 소망에 공감하도록 생긴 여자입니다. 무엇보다도(이 말은 할 필요도 없지만) 그녀는 순결합니다. 그녀의 순결함은 그녀의 가장 큰 아름다움이라고, 그녀의 홍조는 그녀의 큰 기품이라고 여겨집니다. 당시 빅토리아 여왕의 말기에는 집집마다 천사가 있었지요. 내가 글을 쓰게 되었을 때 처음 몇 단어를 쓰자마자 그녀와 맞닥뜨렸습니다. 내가 글을 쓰는 종이에 그녀의 날개 그림자가 드리워졌지요. 그녀의 스커트가 사각거리는 소리가 방 안에 퍼졌습니다. 내가 유명한 남자의 소설을 논평하려고 펜을 손에 쥐자마자 그녀는 미끄러지듯 내 뒤에 와서 속삭였습니다. '애야, 넌 젊은 아가씨야. 남자가 쓴 책에 관해서 쓰고 있구나. 공감을 보이렴. 다정하게 대하고. 아첨도 하고 속이려무나. 우리 여성의 온갖 기교와 간계를 발휘하렴. 네게 자기 나름의 마음이 있다는 사실을 누구도 알아차리지 못하게 하려무나. 무엇보다도 순결해야 해.' 그러고 나서 그녀는 내 펜을 잡아 이끌어 가려는 듯했습니다. 이제 내가 언급하려는 행동은 어느 정도 내 공이라고 인정합니다. 하지만 공정하게 말하자면, 그 공은 내게 일정한 수입(연간 500파운드라고 할까요?)을 물려줘서 내가 생계를 위해 순전히 매력에 의존하지 않아도 되게 해 준 훌륭한 조상들에게 돌아갑니다. 나는 몸을 돌려 그녀를 보고 그녀의 목을 움켜잡았지요. 온 힘을 다해 그녀를 죽였습니다. 내가 고발당해 법정에 선다면, 내 행동은 자기방어였다고 변명할 겁니다. 내가 그녀를 죽이지 않았다면 그녀가 나를 죽였을 테니까요. 그녀는 내 글에서 심장을 잡아 뽑았을 겁니다. 왜냐하면 내가 펜을 종이에 대는 순간 알았듯이, 자기 나름의 마음이 없다면, 인간관계나 도덕, 성에 관해 진실이라고 자신이 생각하는 바를 표현할 수 없다면, 소설에 대해서도 논평할 수 없기 때문이지요. 여자는 이런 문제들을 자유롭고 솔직하게 다룰 수 없다고 집안의 천사는 주장합니다. 성공하려는 여자는 상대를 매혹하고, 회유하고, (단도직입적으로 말하면) 거짓말을 해야 한다고요. 그래서 나는 그녀의 날개 그림자인지 빛나는 후광이 내 종이에 드리워지는 것을 느낄 때마다 잉크병을 들어 그녀에게 던졌습니다. 그녀는 여간해서는 죽지 않았습니다. 그녀의 허구적 성격이 그녀에게는 큰 도움이 되었지요. 환상을 죽이기는 실체를 죽이기보다 훨씬 어려우니까요. 내가 그녀를 해치웠다고 생각했을 때 그녀는 늘 되돌아왔습니다. 결국 나는 그녀를 죽였다고 우쭐해했지만 치열한 싸움을 벌여 와야 했습니다. 그 많은 시간에 그리스어 문법을 배우거나 모험을 찾아 세계를 방랑했더라면 더 좋았겠지요. 하지만 그것은 엄연히 실재하는 경험이었지요. 당시의 여성 작가에게 반드시 닥칠 경험이었습니다. 집안의 천사를 죽이는 것은 여성 작가가 해야 할 일이었던 겁니다.

내 이야기를 잇기로 합시다. 그 천사는 죽었습니다. 그러면 무엇이 남았을까요? 남은 것은 소박하고 평범한 대상, 잉크병을 앞에 두고 침실에 앉아 있는 젊은 여성이라고 말할 수 있겠지요. 다시 말해서, 허상이 제거되었으므로 이제 그녀 자신이기만 하면 됩니다. 아, 그런데 **그녀 자신**이란 무엇일까요? 다시 말해 여성이란 무엇일까요? 정녕 나는 모릅니다. 당신도 모를 거라고 생각합니다. 그녀가 인간이 재주를 부릴 수 있는 온갖 예술과 직업에서 자신을 표현할 때까지는 누구도 알 수 없겠지요. 실은 내가 여기 온 한 가지 이유는 그것입니다. 여성이 무엇인지를 여러분의 실험을 통해 우리에게 보여 주고, 그 극히 중요한 정보를 여러분의 실패와 성공을 통해 제공하는 여러분에게 경의를 표하려는 게지요.

자, 내 직업적 경험에 관한 이야기를 이어 가기로 합시다. 나는 처음 쓴 비평으로 1파운드 10실링 6펜스를 벌었고, 그 보수로 페르시아 고양이를 샀지요. 그러고 나서 야심을 갖게 되었습니다. "페르시아 고양이를 아주 잘 샀어."라고 나는 말했지요. 그렇지만 페르시아 고양이로는 충분하지 않습니다. 자동차도 있어야 하지요. 그래서 나는 소설가가 되었습니다. 신기하게도 사람들에게 이야기를 들려주면 사람들은 자동차를 줄 테니까요. 더 신기한 일은, 이야기를 들려주는 것만큼 즐거운 일은 세상에 없다는 것입니다. 유명한 소설에 대한 비평을 쓰는 것보다 훨씬 즐거운 일이지요. 그런데 여러분의 비서가 요구한 대로 소설가로서 내 직업 경험을 말하려면, 소설가로서 내게 닥친 아주 기이한 경험에 대해 말해야겠습니다.

그것을 이해하려면 여러분은 먼저 소설가의 마음 상태를 상상해 보아야 합니다. 소설가의 가장 큰 욕구는 가급적 무의식적 상태가 되려는 것이라고 말하더라도 직업상 기밀을 누설하는 행위가 아니기를 바랍니다. 소설가는 지속적으로 무기력한 상태를 내면에 일으켜야 합니다. 그는 인생이 지극히 조용하고 규칙적으로 진행되기를 바랍니다. 글을 쓰는 동안, 날마다 달마다 똑같은 얼굴을 보고 똑같은 책들을 보고 똑같은 일을 하기 바랍니다. 그 무엇도 자신을 둘러싼 환상을 하나도 깨뜨리지 않도록, 그 무엇도 상상력이라는 수줍음 많고 환영 같은 정신이 신비스럽게 호기심을 품고 주위를 돌아보거나 감지하고 갑자기 솟구치거나 돌진하며 발견하는 것을 방해하거나 불안하게 만들지 않기 위해서지요. 이런 상태는 남자이건 여자이건 똑같겠지요. 여하간 그런 무아지경 상태에서 소설을 쓰는 나를 상상해 보기 바랍니다. 펜을 잡고 앉아 있는 소녀를 눈앞에 떠올려 보기 바랍니다. 그 펜은 몇 분간, 아니 몇 시간 동안 잉크병에 담가지지 않습니다. 이 소녀를 생각하면 깊은 호숫가에서 물 위로 낚싯대를 드리운 채 누워 꿈속에 잠긴 어부의 이미지가 떠오릅니다. 그녀는 상상력이 우리의 무의식적 존재의 바닥에 잠겨 있는 세계의 온갖 바위와 틈새를 마음대로 훑어가게 내버려 두지요. 그러다 어떤 일이 일어납니다. 그건 남성 작가보다는 여성 작가에게 더 흔히 일어나는 일일 겁니다. 소녀의 손가락 사이로 낚싯줄이 재빨리 풀려나가지요. 그녀의 상상력이 쏜살같이 달아났습니다. 가장 큰 물고기가 잠자고 있는 웅덩이, 심연, 어두운 곳을 찾아낸 게지요. 그러다 쾅 부딪히는 소리가 들립니다. 폭발이 일어난 겁니다. 거품이 일고 혼탁해집니다. 상상력이 뭔가 단단한 데 부딪힌 것이지요. 그녀는 꿈에서 깨어납니다. 실은 더없이 예리하고 곤혹스럽게 고통스러운 상태에 있었지요. 비유를 쓰지 않고 말하자면, 그녀는 무언가를, 몸에 관한 무언가를, 여자로서 말하기 적절치 않았던 열정에 관해 생각했습니다. 그것을 알면 남자들이 충격받을 거라고 그녀의 이성이 말했지요. 자신의 열정에 관해 진실을 말하는 여자에 대해 남자들이 뭐라고 말할지를 떠올리자 그녀는 예술가의 무의식 상태에서 깨어난 것입니다. 그녀는 더 이상 쓸 수 없었지요. 무아지경의 상태는 끝났습니다. 그녀의 상상력은 더 이상 나래를 펼칠 수 없었지요. 이것은 여성 작가들이 흔히 겪는 경험일 겁니다. 그들은 다른 성의 극단적 인습성에 가로막혀 저해됩니다. 이런 점에서 스스로에게 큰 자유를 허용하는 남자들이 여자들의 그런 자유를 극도로 혹독하게 비난하는 것을 깨닫거나 억제할 수 있을지 의심스럽습니다.

이 두 가지가 내가 직접 겪은 진정한 경험입니다. 내 전문직 생활의 두 가지 모험이었지요. 첫 번째로 집안의 천사를 죽이는 문제는 해결했다고 생각합니다. 그녀는 죽었지요. 그러나 두 번째로 육신을 가진 인간으로서 내 경험에 대한 진실을 말하는 것은 해결하지 못했다고 생각합니다. 지금껏 그것을 해결한 여성이 있을지 의심스럽지요. 그녀를 가로막은 장애물은 아직도 막강한데 — 그것은 딱히 정의하기도 아주 어렵습니다. 겉으로 보면, 책을 쓰는 것보다 간단한 일이 있을까요? 겉으로 보면, 남성보다 여성에게 더 큰 장애가 뭐가 있겠습니까? 속으로는, 사정이 매우 다르다고 생각합니다. 그녀에게는 아직도 싸워야 할 유령과 극복해야 할 편견이 많이 있습니다. 실로 앞으로도 긴 시간이 지나야 여성은 글을 쓰려고 앉았을 때 죽여야 할 유령이나 맞부딪힐 바위를 보지 않게 되겠지요. 여성의 온갖 직업 가운데 가장 자유로운 문학에서도 이러하다면, 여러분이 이제 처음으로 시도하는 새로운 직업에서는 어떨까요?

이런 문제들에 대해 시간이 있다면 여러분께 묻고 싶습니다. 실로 내가 나의 직업 경험을 강조한 것은 그것이 다른 형태로 나타나더라도 여러분의 경험이기도 하리라고 믿기 때문입니다. 명목상으로는 길이 열려 있더라도, 여자가 의사나 변호사, 공무원이 되지 못하게 방해하는 것이 없을 때라도, 많은 유령과 방해물이 불쑥 나타나서 그녀를 가로막습니다. 그것들에 대해 논의하고 정의하는 것은 대단히 가치 있고 중요합니다. 오로지 그렇게 함으로써 노고를 함께 나누고 어려움을 해결할 수 있기 때문이지요. 그 밖에도 우리가 이 강력한 장애물들과 전투를 벌이는 목적과 목표를 논의하는 것도 필요합니다. 그 목표는 당연한 것으로 받아들일 수 없고, 끊임없이 의문을 제기하고 검토해야겠지요. 얼마나 다양한 직업인지 몰라도 역사상 처음으로 수많은 직업에 종사하게 된 여성들이 둘러싼 여기 이 강연장에서 내가 보는 전체적 상황은 특히 흥미롭고 중요하게 보입니다. 여러분은 지금껏 오로지 남성들만 소유했던 집에서 자기만의 방을 갖게 되었습니다. 여러분은 큰 노고와 노력을 들여야 하지만 임대료를 낼 수 있게 되었지요. 여러분은 연간 500파운드를 벌고 있습니다. 그러나 이 자유는 시작일 뿐입니다. 그 방은 여러분의 것이지만, 아직 휑하니 비어 있습니다. 그곳에 가구를 비치하고 장식하고 공유해야 합니다. 여러분은 어떻게 가구를 비치하고 어떻게 장식할까요? 누구와 공유하고, 어떤 조건에서 공유하게 될

까요? 이것이 가장 중요하고 흥미로운 질문이라고 생각합니다. 역사상 처음으로 여러분은 그런 질문을 던질 수 있으니까요. 처음으로 여러분은 스스로 그 질문에 답할 수 있으니까요. 나는 기꺼이 남아서 이런 질문과 답을 논의하고 싶습니다만 오늘 밤에는 안 되겠군요. 시간이 다 되어서 이제 마쳐야겠습니다.

옮긴이
이미애

현대 영국 소설 전공으로 서울대학교 영문학과에서 박사
학위를 받았고 같은 대학교에서 강사 및 연구원으로 활동했다.
조지프 콘래드, 존 파울즈, 제인 오스틴, 카리브 지역의 영어권
작가들에 대한 논문을 썼고, 옮긴 책으로는 버지니아 울프의
『자기만의 방』과 『등대로』, 조지 엘리엇의 『아담 비드』, J. R. R.
톨킨의 『호빗』, 『반지의 제왕』(공역), 『위험천만 왕국 이야기』,
『톨킨의 그림들』, 토머스 모어의 서한집 『영원과 하루』, 리처드
앨틱의 『빅토리아 시대의 사람들과 사상』 등이 있다.

런던 거리
헤매기

1판 1쇄 펴냄 2019년 12월 6일
1판 6쇄 펴냄 2024년 9월 20일

지은이 버지니아 울프
옮긴이 이미애
발행인 박근섭, 박상준
펴낸곳 (주)민음사

출판등록 1966. 5. 19. 제16-490호
서울특별시 강남구 도산대로1길 62(신사동)
강남출판문화센터 5층 06027
대표전화 02-515-2000 팩시밀리 02-515-2007
www.minumsa.com

ⓒ 이미애, 2019. Printed in Seoul, Korea

ISBN 978 89 374 2961 3 04800
ISBN 978 89 374 2900 2 (세트)